에이스가 되자

WISHBOOKS MODERN FANTASY STORY

한지훈 장편소설

에이스 오브 에이스

에이스가 되자 8

한지훈 장편소설

초판 1쇄 찍은 날 | 2018년 1월 24일
초판 1쇄 펴낸 날 | 2018년 1월 31일

지은이 | 한지훈
펴낸이 | 예경원

기획 | 위시북스
편집책임 | 이규재
편집 | 이즈플러스

펴낸곳 | 예원북스
등록번호 | 제396-2012-000132호
등록일자 | 2012. 7. 25
KFN | 제1-197호

주소 | 경기도 고양시 일산동구 호수로 646-24 위너스21 II 빌딩 206A호 (우)10401
전화 | 031-819-9431 팩스 | 031-817-9432
E-mail | yewonbooks@naver.com

ISBN 979-11-6098-690-7 04810
979-11-6098-231-2 (set)

※ 이 도서의 국립중앙도서관 출판시도서목록(CIP)은 서지정보유통지원시스템 홈페이지(http://seoji.nl.go.kr)와 국가자료공동목록시스템(http://www.nl.go.kr/kolisnet)에서 이용하실 수 있습니다.

에이스가
되자
WISHBOOKS MODERN FANTASY STORY
한지훈 장편소설
에이스 오브 에이스
8
KOREA
Wish
Books

에이스가
되자

CONTENTS

31장
리벤지 매치(1)

1

다저스의 챔피언십 시리즈 상대는 챔피언십 시리즈 바로 전날에야 확정이 됐다.

컵스.

월드시리즈 디펜딩 챔피언이자 최근 2년간 다저스의 월드시리즈 진출에 찬물을 뿌려댄 신흥 라이벌 구단이었다.

지난 2016년, 다저스는 챔피언십 시리즈에서 컵스를 만나 2승 4패로 패배하며 컵스의 우승을 지켜봐야 했다.

그리고 작년에는 디비전 시리즈에서 컵스를 만나 3 대 0, 시리즈 스윕을 당하고 일찌감치 포스트시즌을 접어야 했다.

그래서일까.

–컵스, 5차전 연장 접전 끝에 메츠 제압! 다저스와 격돌!

–컵스 vs 다저스. 운명의 맞대결. 올해는 누가 이길 것인가.

시카고 언론들은 다소 공격적인 기사들을 쏟아냈다. 다저스가 리그 최고의 원투펀치를 보유하고 있긴 하지만 3년 연속 우승에 도전하는 컵스의 전력도 결코 만만치 않았다.

전문가들도 컵스의 월드시리즈 3연패 가능성은 충분하다는 데 의견을 모았다.

"다저스가 리그 최고 승률을 기록하긴 했습니다만 올 시즌 상대 전적은 컵스가 4승 3패로 앞서고 있습니다."

"다저스에서는 류현신이 한 번 그리고 마에다 케이타가 두 번 승리를 거두었네요."

"슬레이튼 커쇼도 나쁘지 않은 경기력을 보여주었습니다. 두 경기 나와서 15이닝을 소화했고 단 두 점밖에 실점하지 않았습니다."

"하지만 두 경기 모두 노디시전으로 끝났고 결과는 컵스의 승리로 돌아갔죠. 그리고 그 두 경기에서 승리한 게 바로 컵스의 에이스 제이슨 아리에타고요."

"제이슨 아리에타와 슬레이튼 커쇼가 1차전에서 다시 맞붙는다면…… 글쎄요. 승부를 장담하기 어려울 것 같습니다."

"올 시즌 제이슨 아리에타는 사이영 상에 버금가는 활약을 펼쳤으니까요. 만약 건이 없었고 슬레이튼 커쇼가 건에게 자극을 받아서 커리어 하이 시즌을 보내지 않았다면 내셔널 리그 사이영 상은 제이슨 아리에타의 차지가 됐을 겁니다."

"간단하게 계산하죠. 슬레이튼 커쇼와 제이슨 아리에타, 이 두 에이스가 서로 한 경기씩 챙겨갔다고 가정하자고요."

"그렇다면 1차전은 슬레이튼 커쇼가, 4차전은 제이슨 아리에타가 승리했다고 봐야겠네요."

"컵스는 2선발이 존 레스트입니다. 하지만 지난 디비전 시리즈 5차전에 선발 등판한 만큼 2차전에는 3선발인 카일 핸드릭스가 나설 가능성이 높습니다. 참고로 존 레스트는 다저스전 두 경기에 선발 등판해 2패를 기록하고 있죠. 반면 다저스의 2선발은 건입니다."

"건은 작년과 올해 선발로서 컵스를 상대한 적이 없어요. 건이 사이영 상급 활약을 펼쳤다는 사실은 부정하기 어렵지만…… 솔직히 컵스를 상대로 흔들리지 않은 피칭을 선보일 거라 장담하지는 못할 것 같아요."

"카일 핸드릭스도 올해 다저스를 상대하진 않았습니다. 하지만 작년에 1승에 평균 자책점 2.77을 기록했습니다. 게다가 디비전 시리즈에서도 7이닝 2실점으로 좋은 피칭을 선보였고요."

"건과 카일 핸드릭스라. 솔직히 어느 한쪽의 편을 들기가 쉽지 않을 것 같습니다."

"제 생각도 같습니다. 일단 시즌 성적과 포스트시즌은 별개라고 했을 때 건이 생애 첫 컵스전 선발 등판을, 그것도 챔피언십 시리즈에서 치러야 한다면 카일 핸드릭스에게도 충분히 승산이 있다고 봅니다."

"그렇다면 3차전이 관건인데요. 마에다 케이타와 존 레스트. 이들에게 월드시리즈의 향방이 걸려 있는 거나 다름없겠어요."

"마에다 케이타는 올 시즌 컵스를 상대로 2승을 거두었죠. 하지만 포스트시즌에서 컵스만 만나면 약해졌습니다. 과연 그 징크스를 이겨낼 수 있을지가 관건입니다."

"존 레스트는 다저스를 상대로 두 번 등판해 1패, 평균 자책점은 2.25입니다. 평균 자책점만 놓고 보자면 존 레스트가 3.46를 기록한 마에다 케이타보다 좋습니다."

"타선은 어떨까요? 객관적으로는 컵스가 한 수 위라는 생각이 드는데요."

"다저스의 타선도 제법 좋아졌습니다. 하지만 올 시즌 내셔널 리그 중부 지구 타격 1위에 오른 컵스에 비할 정도는 아니겠죠."

"투수력은 팽팽하고 타격은 컵스가 조금 더 유리하다면…… 컵스의 월드시리즈 3연패도 불가능하지 않을 것 같은데요."

"가능성은 충분히 남아 있다고 봅니다. 다만 다저스에게는 내셔널 리그 최고의 원투펀치가 있으니까요. 모렐 허샤이저 감독이 어떤 전략을 들고나올지 지켜볼 필요가 있을 것 같습니다."

전문가들은 챔피언십 시리즈 1차전 선발로 슬레이튼 커쇼와 제이슨 아리에타를 예상했다. 둘 다 나란히 디비전 시리즈 4차전에 선발 등판한 만큼 정확하게 나흘을 쉬고 챔피언십 시리즈 1차전에 나설 수 있는 상황이었다.

하지만 모렐 허샤이저 감독은 슬레이튼 커쇼를 대신해 박건호를 1차전 선발로 내세웠다.

"우리의 목표는 월드시리즈 우승입니다. 그래서 슬레이튼 커쇼에게 하루의 휴식을 더 주려고 합니다. 슬레이튼 커쇼는 2차전과 6차전에 선발로 등판시킬 예정입니다. 그리고 가급적 5차전 이전에 챔피언십 시리즈를 끝낼 계획입니다."

몇몇 다저스 레전드의 조언대로 모렐 허샤이저 감독은 박건호와 슬레이튼 커쇼의 등판 순서를 바꾸었다.

사흘 휴식 후 디비전 시리즈 4차전을 치렀던 커쇼에게는 하루의 추가 휴식을 주고 디비전 시리즈 2차전 이후 등판이 없었던 박건호의 휴식일을 일주일에서 6일로 당긴다는 계산이었다.

다행히도 다저스 팬들은 모렐 허샤이저 감독의 판단을 전략적인 결정으로 받아들였다.

슬레이튼 커쇼의 극성팬들조차 더 이상 슬레이튼 커쇼가 다저스에 푸대접을 받고 있다고 의심하지 않았다.

박건호가 슬레이튼 커쇼에게 존경을 보냈고 슬레이튼 커쇼는 박건호를 자신의 후계자로 인정했다. 이 관계가 지속되는 한 선발 순서는 말 그대로 순서에 불과할 뿐이었다.

다저스의 선발 순서가 바뀌면서 챔피언십 시리즈의 전망도 달라졌다.

"1차전 선발이 건입니다. 만에 하나 다저스가 1차전을 잡는다면, 모렐 허샤이저 감독의 바람대로 챔피언십 시리즈는 5차전 이전에 끝날 가능성이 높습니다."

"애당초 7차전까지 간다는 예상은 제이슨 아리에타와 슬레이튼 커쇼라는 당대 최고의 투수들이 서로 경기를 나눠 먹을 경우를 전제로 한 것입니다. 하지만 슬레이튼 커쇼가 카일 핸드릭스와 맞붙는다면 이야기는 다릅니다. 경험 많은 슬레이튼 커쇼가 카일 핸드릭스에게 패배하는 모습은 쉽게 상상이 되지 않습니다."

"포스트시즌은 결국 흐름의 싸움입니다. 건이 생애 첫 사이영 상 수상을 눈앞에 두고 있긴 하지만 다저스의 에이스는 아직까지 슬레이튼 커쇼라고 봐야 합니다. 제이슨 아리에타가 1차전에서 에이스인 슬레이튼 커쇼에게 패배하는 것과 건에게 패배하는 건 의미하는 바가 전혀 다릅니다."

"개인적으로 다저스가 최선의 선택을 했다고 생각합니다. 승패를 장담하기 어려운, 게다가 올 시즌 상대 전적에서 밀리는 감이 있는 제이슨 아리에타에게 슬레이튼 커쇼를 대신해 패기 넘치는 건을 맞붙이고 해볼 만하다는 평가를 받고 있는 카일 핸드릭스에게 에이스 카드를 내놓았으니 보다 안정적으로 승수를 쌓아 나갈 수 있을 겁니다."

시카고 언론들은 슬레이튼 커쇼가 제이슨 아리에타가 무서워 도망친 것이라며 맹비난을 퍼부었다.

그러나 정작 슬레이튼 커쇼는 눈 하나 까딱하지 않았다. 어떻게든 자신의 자존심을 긁어놓아 선발 순서를 원래대로 되돌리려는 속셈을 훤히 꿰뚫어 봤기 때문이다.

"나는 제이슨 아리에타가 두렵지 않습니다. 그러니 자신 있다면, 컵스도 선발 순서를 맞바꿨으면 좋겠습니다."

슬레이튼 커쇼는 LA 지역 일간지를 통해 컵스를 도발했다. 마무리 투수 켈리 젠슨도 사이영 상은 박건호와 슬레이튼 커쇼의 양자 대결이라며 후반기에 나가떨어진 제이슨 아리에타를 평가 절하했다.

상황이 이렇게 되자 컵스 팬들 사이에서도 갑론을박이 벌어졌다.

ㄴ지금이라도 늦지 않았어. 제이슨 아리에타와 카일 핸드릭스의 순서를 바꿔야 한다고!

ㄴ그게 무슨 멍청한 소리야? 선발 순서가 정해져 있는데 카일 핸드릭스를 먼저 등판시키라고?

ㄴ불가능한 일은 아니야. 카일 핸드릭스는 디비전 시리즈 3차전 등판 이후로 정확하게 나흘을 쉬었으니까. 우리도 제이슨 아리에타의 휴식을 조금 더 챙겨줄 필요가 있다고.

ㄴ그러다 시리즈가 7차전까지 가면? 7차전 선발로 카일 핸드릭스를 올리자고?

ㄴ다저스가 건과 슬레이튼 커쇼를 맞바꾼 건 둘 다 잘해서라고. 막말로 건이 1차전과 4차전에서 패배하더라도 7차전까지 지라는 보장은 없어. 작년 건의 성적을 봐. 다이아몬드백스전 때 두 번 부진하다가 세 번째 경기 이후로 다이아몬드백스 천적이 됐다고. 자이언츠전은 어떻고? 자이언츠를 상대로 두 차례 부진하더니 세 번째 경기 이후로 자이언츠 타자들이 싫어하다 못해 혐오하는 선수가 됐어. 그런데 컵스라고 다를 거 같아?

ㄴ그럼 어쩌라고? 슬레이튼 커쇼가 나오는 2차전을 카일 핸드릭스로 막아보자고?

ㄴ제이슨 아리에타가 1차전에 나오면 최소한 4차전과 7차전까진 기대할 수 있잖아! 그러니까 선발 순서를 바꾸는 건 불가능하다고. 그랬다간 정말로 5차전에 끝나 버릴 거야!

컵스의 조 메이든 감독은 코칭스태프들과 함께 밤새도록 회의를 했다. 그리고 기존의 로테이션을 유지하는 쪽으로 결정을 내렸다.

"컵스는 월드시리즈를 2연패 한 챔피언입니다. 우리는 강합니다. 다저스가 변칙적으로 나온다고 해서 우리가 신경 쓸 일은 아무것도 없습니다."

조 메이든 감독은 월드시리즈에 올라가는 건 결과적으로 컵스가 될 것이라며 강한 자신감을 내비쳤다. 그러면서도 정작 몇 차전까지 예상하는지를 묻는 기자들의 질문에는 7차전이 될 가능성이 높다고 말했다.

모렐 허샤이저 5차전 vs 7차전 조 메이든, 누구의 말이 맞을까?

건 vs 제이슨 아리에타 맞대결! 1차전의 승자는?

언론은 내셔널 리그 챔피언십 시리즈 1차전이 팽팽하게 진행될 가능성이 높다고 전망했다.

그러나 ESPM과 콕스 TV의 홈페이지를 통해 집계된 결과는 달랐다.

ESPM에서는 다저스가 이길 확률이 88퍼센트로 나왔다. 콕스 TV에서도 무려 81퍼센트의 야구팬들이 다저스를 지지했다.

ESPM에서 추가로 조사한 박건호와 제이슨 아리에타의 맞대결 결과를 묻는 질문에서도 응답자의 56퍼센트가 박건호의 승리를 예상했다. 제이슨 아리에타의 승리를 예상한 경우는 고작 17퍼센트. 나머지 27퍼센트는 무승부로 끝날 가능성이 높다고 점쳤다.

“건은 분명 좋은 선수입니다. 때로는 건이 컵스가 아니라 다저스 선수라는 사실이 안타깝기만 합니다. 하지만 건은 아직 배울 게 많은 루키입니다. 내가 건에게 패배할 일은 없을 겁니다.”

인터뷰 중 설문 조사 결과를 전해 들은 제이슨 아리에타의 얼굴은 딱딱하게 굳어 있었다.

애써 침착하게 소감을 밝혔지만 인터뷰를 접한 모든 이는 제이슨 아리에타가 화가 났다는 사실을 알아챘다.

컵스의 위대한 에이스, 분노하다!

제이슨 아리에타, "건에게 한 수 가르쳐 주겠다" 선언!

시카고 언론은 앞다투어 제이슨 아리에타의 투쟁심을 부추겼다. 몇몇 시카고 지역 언론은 슬레이튼 커쇼도 아닌 박건호에게 패배하는 건 컵스의 자존심이 용납하지 않는 일이라며 제이슨 아리에타를 몰아붙였다.

"제이슨! 최고는 너야!"

"뭘 망설이는 거야? 건 따위 뭉개 버리라고!"

LA까지 넘어온 컵스 팬들까지 제이슨 아리에타 자극하기에 동참했다.

그래서일까.

"스트라이크, 아웃!"

제이슨 아리에타는 4회까지 퍼펙트 피칭으로 다저스 타선을 잠재웠다.

12명의 타자를 상대로 총 53개의 공을 던지며 탈삼진 5개를 솎아냈다.

-제이슨 아리에타! 3번 타자 코일 시거를 삼진으로 돌려세우고 마운드를 내려갑니다.

-오늘 경기 전에 포스트시즌이라고 해서 달라지는 건 아무

것도 없을 것이라고 말했는데요. 다저스에 강했던 모습을 유감없이 보여주고 있습니다.

중계를 맡은 ESPM 중계진은 깔끔한 제이슨 아리에타의 피칭에 박수를 보냈다. 그러다 중계 카메라가 박건호를 잡자 기다렸다는 듯이 아쉬움을 드러냈다.

–휴식일이 길어서일까요. 건, 오늘 컨디션이 별로 좋아 보이진 않습니다.

–포심 패스트볼의 최고 구속이 100mile/h(≒160.9㎞/h)을 넘지 못하고 있습니다. 게다가 무브먼트도 지난 디비전 시리즈만큼은 아닌 것 같네요.

자이언츠와의 디비전 시리즈 이후 박건호는 정확하게 6일을 쉬고 마운드에 올랐다.

나흘, 길어야 닷새 휴식 후 등판에 익숙한 메이저리그 투수들에게 6일 후 등판은 사흘 후 등판만큼이나 낯설었다.

오래 쉬면 더 좋은 게 아니냐고 생각할지 모르겠지만 투구감각과 밸런스를 유지하기 위해서는 일정한 등판 간격이 무엇보다 중요했다.

특히나 박건호처럼 위력적인 포심 패스트볼을 앞세워 타자를 윽박지르는 투수들에게 구속과 무브먼트의 저하는 치명적일 수밖에 없었다.

4이닝 3피안타 1피홈런 2사사구 1실점.

투구 수 54개. 탈삼진 4개.

실점이 적긴 했지만 평소 박건호의 피칭과는 상당히 거리가 있어 보이는 결과였다.

그러나 박건호는 꿋꿋하게 마운드에 올랐다. 한 점의 점수쯤은 타자들이 어떻게든 만회해 줄 거라 굳게 믿고 오스틴 번의 미트를 향해 힘차게 공을 내던졌다.

따악!

몸 쪽을 파고드는 포심 패스트볼을 힘껏 잡아당겼던 4번 타자 반 조브리스트의 미간이 살짝 일그러졌다.

'뭐야? 빨라졌잖아?'

반 조브리스트가 슬그머니 전광판으로 눈을 돌렸다. 전광판에는 오늘 경기 처음으로 100mile/h이라는 숫자가 또렷하게 박혀 있었다.

"젠장할."

타석에서 벗어나며 반 조브리스트가 욕지거리를 내뱉었다.

2회 초. 선두 타자로 나서서 박건호의 하이 패스트볼을 담장 밖으로 날려 버렸을 때, 반 조브리스트는 제이슨 아리에타가 완투를 하지 않는 한 오늘 경기의 히어로는 자신이 될 것이라고 확신했다.

그만큼 중요한 순간에 터져 나온 홈런이었다. 그리고 5차전 안에 컵스를 잡고 챔피언십 시리즈를 끝내겠다고 건방을 떨던 다저스 벤치와 다저스가 이길 거라는 착각 속에 모여든 수많은 다저스 팬을 침묵하게 만드는 홈런이기도 했다.

그 홈런 이후로 박건호가 흔들리자 반 조브리스트는 자신의 두 번째 타석이 빨리 돌아오길 바랐다. 박건호가 이대로 대량 실점을 해서 마운드에서 내려가기 전에 어떻게든 안타를 늘릴 생각이었다.

그런데 초구에 몸 쪽을 파고든 포심 패스트볼의 움직임이 심상치가 않았다.

'어쩌다 하나 긁힌 거겠지?'

반 조브리스트는 애써 숨을 골랐다. 앞서 홈런을 얻어맞은 박건호가 복수심에 불타오른 나머지 일시적으로 공이 좋아진 것뿐이라고 평가절하했다.

그러나 박건호의 손을 빠져나간 2구가 생각보다 빠르게 바깥쪽 홈 플레이트 위를 스쳐 지나자 반 조브리스트는 뭔가 잘못되었다는 생각이 들었다.

'설마…….'

반 조브리스트가 눈을 치떠 박건호를 보았다.

그러자 박건호가 기다렸다는 듯이 입가를 비틀어 올렸다.

“후우……. 이제 좀 살 만하네.”

어깨를 가볍게 돌리며 박건호가 고개를 돌려 전광판을 바라봤다.

[101mile/h(≒162.5km/h)]

한창 좋을 때보다는 못했지만 1회 최고 구속이 97mile/h(≒156.1km/h)이었던 걸 감안하면 몸이 풀렸다고 봐도 무방할 것 같았다.

“어서 와, 슈퍼 건.”

웹에 깊숙이 틀어박힌 공을 빼내며 오스틴 번이 씩 웃었다. 오늘 갑자기 투구 밸런스가 흐트러지면서 걱정이 많았는데 그 잠깐 사이에 용케도 감각을 되찾은 모양이었다.

“젠장할.”

반 조브리스트가 질근 입술을 깨물었다. 초구에 이어 2구까지 100mile/h을 넘겼다. 그렇다면 요행이라기보다 실력일 가능성이 더 높았다.

“후우……. 까짓것 상관없어. 또다시 넘겨 버리면 되는 거야.”

반 조브리스트는 애써 마음을 다잡았다. 그리고 머릿속으로 첫 타석의 홈런 장면을 떠올렸다.

몸 쪽을 파고들던 96mile/h(≒154.5km/h)의 포심 패스트볼을 힘껏 잡아당겨 담장 밖으로 날려 버린 그 순간의 감각을 일깨우려 애를 썼다.

그러나 첫 타석 때의 밋밋한 포심 패스트볼이 다시 들어오길 바라는 건 무리였다.

후앗!

박건호의 손끝을 빠져나간 공이 한복판을 가로질러 순식간에 반 조브리스트의 몸 쪽을 파고들었다.

반 조브리스트가 이를 악물며 반사적으로 방망이를 내돌렸지만.

퍼엉!

박건호의 포심 패스트볼을 따라잡을 수가 없었다.

–건! 이게 웬일입니까? 5회에 들어 갑자기 구속을 끌어올리기 시작합니다.

–제가 경기 초반에 몸이 좀 덜 풀린 것 같다는 이야기를 했는데요. 이제야 몸이 좀 풀린 모양이네요.

–어쨌든 건, 첫 타석에 홈런을 허용한 반 조브리스트를 상대로 멋지게 설욕에 성공합니다.

ESPM 중계진의 목소리 톤이 살짝 올라갔다. 컨디션이 좋아 보이지 않던 박건호가 4번 타자 반 조브리스트를 상대로 3

구 삼진을 잡아낼 것이라고는 예상하지 못한 모양이었다.

그러나 다저스 팬들에게는 특별히 이상할 게 없는 일이었다.

"건, 저 녀석. 이제 좀 제대로 던지는 거 같은데?"

"그러게 말이야. 저렇게 잘 던지면서 왜 사람을 조마조마하게 만든 거야?"

"후우……. 그래도 다행이야. 난 건에게 무슨 일이 생긴 줄로만 알았다고."

"나도. 건이 컵스 타선에 겁을 먹은 건 아닐까 그런 말도 안 되는 생각도 했었다니까?"

"야, 그건 진짜 올해 들어본 최악의 헛소리다. 건이 누구에게 겁을 먹는다고?"

"하하. 그건 컵스 멍청이들이 떠들어 대는 엿 같은 헛소리에 불과하다고. 두고 봐. 이제 곧 경기가 뒤집힐 테니까."

다저스 팬들은 박건호가 다시 되살아날 것이라 굳게 믿었다.

그 믿음에 보답하듯 박건호는 5번 타자 메디슨 러셀과 6번 타자 제이스 헤이워드를 연속 3구 삼진으로 돌려세웠다.

-건! 건! 몸 쪽 하이 패스트볼을 던져 제이스 헤이워드를 헛스윙 삼진으로 돌려세웁니다!

–9구 연속 포심 패스트볼인데요. 정말 대단한 배짱입니다.

–9개의 공이 전부 100mile/h을 넘겼습니다. 이 정도면 완전히 몸이 풀렸다고 봐야 할 거 같은데요.

–6일이라는 긴 휴식의 후유증은 아직 남아 있는 것 같습니다. 하지만 오늘 경기에서 컵스 타자들이 건을 괴롭힐 기회는 더 이상 없을지도 모른다는 생각이 드네요.

박건호의 호투에 자극을 받은 제이슨 아리에타는 5회와 6회를 무실점으로 틀어막았다.

5회 말, 4번 타자 에이든 곤잘레스에게 안타를 허용하며 퍼펙트 행진이 깨졌지만 제이슨 아리에타는 눈 하나 까딱하지 않았다.

5번 타자 안승혁을 곧바로 땅볼로 유도해 두 개의 아웃 카운트를 잡아내며 오늘 경기에서 기필코 승리하겠다는 의지를 불태웠다.

그러나 정작 경기 분위기는 점점 다저스 쪽으로 흘러갔다. 박건호가 6회에 102mile/h(≒164.2㎞/h)을 기록한 데 이어 7회 초에는 기어코 103mile/h(≒165.8㎞/h)의 구속을 전광판에 찍어 버렸기 때문이다.

“젠장할!”

점점 빨라지는 박건호의 포심 패스트볼 앞에 컵스 타자들은 연신 헛방망이질을 해댔다.

조 메이든 감독이 나서서 타자들을 독려해 봤지만 달라지는 건 아무것도 없었다.

"한 점 승부입니다. 상황을 봐서 불펜을 투입하시죠."

분위기를 살피던 도브 마리트네즈 벤치 코치가 조 메이든 감독을 바라봤다.

6회까지 제이슨 아리에타의 투구 수는 87개였다. 7회 말 다저스의 공격이 1번 타자 작 피터슨부터 시작한다는 걸 감안했을 때 슬슬 불펜을 준비해야 하는 시점이었다.

그러나 조 메이든 감독은 박건호보다 먼저 제이슨 아리에타를 내릴 생각이 없었다.

"포스트시즌은 기세 싸움이야. 가급적이면 제이슨 아리에타에게 경기를 맡길 생각이라고."

"하지만 그러기에는 투구 수가 너무 많습니다."

"안타는 하나밖에 맞지 않았잖아."

"4차전도 생각해야 합니다. 오늘 무리시킬 필요는 없습니다."

"무리라니? 내가 마치 제이슨 아리에타를 혹사라도 시킨다는 말처럼 들리는데?"

조 메이든 감독이 매서워진 눈으로 도브 마리트네즈 코치를 노려봤다. 도브 마리트네즈 코치가 그럴 리 있겠냐며 한발 물러섰지만 조 메이든 감독의 눈매는 조금도 누그러들지 않았다.

“에이든 곤잘레스에게 안타를 맞았습니다. 그리고 안승혁도 좋은 타이밍에서 제이슨 아리에타의 공을 때려내고 있습니다. 기 싸움도 좋지만 8회부터는 불펜을 동원하는 게 좋을 것 같습니다.”

도브 마리트네즈 코치가 다시 한번 권했다.

3선발 체제로 운영되는 포스트시즌에서 1차전 선발은 사흘 휴식 후 4차전에 등판할 수밖에 없었다.

수준급 선발이 많아서 4선발 체제가 가능하다면 좋겠지만 포스트시즌에서 믿고 맡길 수 있는 투수는 어느 팀이나 부족했다.

게다가 상대는 올 시즌 메이저리그 최고 승률을 기록한 다저스였다. 슬레이트튼 커쇼와 박건호라는, 사이영 상급 활약을 펼친 원투펀치를 보유한 다저스를 상대로 4선발을 써가며 여유를 부리기란 쉽지 않았다.

도브 마리트네즈 코치는 에이스인 제이슨 아리에타가 1 대 0의 리드 속에 좋은 기억을 안고 경기를 끝마치길 바랐다. 그리고 그 좋은 기억이 러글리 필드로 자리를 옮긴 4차전에서도 이어지길 원했다.

하지만 조 메이든 감독은 되레 짜증만 냈다.

"쓸데없는 소리 말고 가서 타자들 좀 어떻게 해보라고. 저 애송이의 공에 계속 헛방망이질만 하고 있잖아!"

조 메이든 감독이 타자들을 향해 불만을 쏟아냈다. 4회까지만 해도 박건호의 공을 곧잘 건드려 대던 타자들이 갑자기 타이밍조차 맞추질 못하니 절로 짜증이 치밀어 올랐다.

"그렇지 않아도 타자들에게 욕심을 버리라고 이야기했습니다만……."

"이야기만 하면 뭐 해? 하나같이 홈런 타자라도 되는 것처럼 선풍기질을 하고 있는데!"

"그러니까 이쯤에서 불펜을 올려 분위기를 바꾸는 게 좋지 않을까요?"

"이봐, 도브. 내 말을 콧구멍으로 듣고 있는 거야? 이 엿 같은 분위기를 바꾸기 위해서는 타자들이 뭔가를 해줘야 한다고! 왜 애꿎은 에이스를 못 잡아먹어서 안달이야?"

31장
리벤지 매치(2)

조 메이든 감독도 분위기가 다저스 쪽으로 기울었다는 사실을 모르지 않았다.

에이스인 제이슨 아리에타가 무실점으로 호투하고 있는 가운데 사이영 상이 유력한 박건호를 상대로 1 대 0, 한 점 차로 리드하고 있었다. 그것도 시카고 홈경기가 아니라 LA 원정에서 말이다.

그런데 다저스 선수들은 전광판의 점수를 잘못 보기라도 한 것처럼 여유롭게 웃고 떠들고 있었다. 반면 컵스 타자들은 월드시리즈 마지막 경기에서 큰 점수 차이로 끌려가는 것처럼 입을 굳게 다문 채 씩씩거리기 바빴다.

조 메이든 감독은 이 말도 안 되는 분위기를 만들어낸 책임을 제이슨 아리에타에게 떠넘기고 싶지 않았다.

에이스로서 올 시즌 사이영 상 후보에 오를 만한 피칭을 선보였고 지금까지 7이닝 무실점 호투를 펼치고 있는 에이스에게 타자들의 허울까지 전부 떠안으라는 무리한 주문을 할 생각이 눈곱만큼도 없었다.

"그렇게 뭔가를 바꾸고 싶으면 타자들이나 신경 쓰라고. 투수 교체는 내가 알아서 할 테니까."

조 메이든 감독의 단호한 한마디에 도브 마르티네스 코치는 마지못해 한발 물러났다. 그리고 불안한 눈으로 마운드를 바라보았다.

원 아웃. 주자 없는 가운데 볼카운트는 투 스트라이크 투 볼.

조 메이든 감독과 한참을 이야기했는데도 제이슨 아리에타는 이제 2번 타자인 마이클 리드를 상대하고 있었다.

"크리스, 지금 제이슨 아리에타의 투구 수가 몇 개죠?"

도브 마르티네스 코치가 옆에 서 있는 크리스 보르시오 투수 코치에게 말을 걸었다. 그러자 크리스 보르시오 투수 코치가 굳은 얼굴로 대답했다.

"99개요."

"뭐라고요?"

"작 피터슨을 상대로 5개를 던졌고 저 빌어먹을 애송이에게 지금 7개의 공을 던졌어요. 그런데 저 빌어먹을 자식이 방망이를 제대로 휘두를 생각을 하지 않고 있네요."

욕설과는 거리가 멀고 점잖기로 유명한 크리스 보르시오 코치는 마이클 리드를 향해 빌어먹을이라는 말을 거듭 사용했다.

방망이를 짧게 잡은 채 제이슨 아리에타의 투구 수만 늘려대는 마이클 리드에게 단단히 화가 난 모양이었다.

"후우……."

도브 마르티네스 코치도 길게 한숨을 내쉬었다.

이제 다음 공이면 100구다. 100구를 넘어가면 컵스가 자랑하는 위대한 에이스, 제이슨 아리에타도 체력적인 한계에 도달할 수밖에 없었다.

그래서일까.

제이슨 아리에타는 두 차례나 멀쩡한 공을 바꾸며 시간을 끌었다.

만약 타석에 들어선 게 노련한 에이든 곤잘레스였다면 즉석에서 항의를 했겠지만 마이클 리드는 묵묵하게 연습 스윙을 하면서 제이슨 아리에타의 호흡이 돌아오길 기다리고 있었다.

그 모습이 못마땅해 보였을까.

"저 소심한 자식 같으니라고. 저럴 땐 무조건 타석에서 버텨야지!"

이온 음료로 목을 축이던 오스틴 번이 메이저리그 선배랍시고 한마디 내뱉었다.

그러자 박건호가 피식 웃으며 오스틴 번의 옆구리를 찔렀다.

"너였다면 진즉 삼진을 먹었겠지."

"뭐? 오늘 삼진만 두 번 먹었다고 놀리는 거냐?"

"헉. 그걸 어떻게 알았지?"

"젠장. 그러는 너도 삼진 두 개 먹었잖아!"

오스틴 번이 불만스럽게 투덜거렸다. 투수인 박건호와 자신을 동일 선상에 두고 비교한다는 게 자존심이 상하긴 했지만 어쩔 수 없었다.

오늘 다저스 타자 중 삼진을 두 번이나 당한 건 오스틴 번과 박건호, 단 두 명뿐이었다.

"그러니까 삼진 먹은 우리들은 조용히 지켜보자고. 리드가 뭔가 보여줄 거 같으니까."

오스틴 번의 손에서 이온 음료를 빼앗아 들며 박건호가 예언가처럼 중얼거렸다.

그 순간.

따악!

경쾌한 타격 소리가 경기장에 울려 퍼졌다.

—마이클 리드! 제이슨 아리에타의 100구를 받아쳐 좌익수 앞쪽에 깨끗한 안타를 만들어냅니다.

—다저스의 두 번째 안타인데요. 제이슨 아리에타. 슬슬 힘에 부치는 모습입니다.

ESPM 중계진들이 슬슬 시동을 걸었다.

7회 말. 뭔가 반전이 일어나기에 딱 좋은 시점이었다.

하지만 ESPM 중계진들은 그 반전의 주역으로 코일 시거를 점찍었다. 앞선 타석에서 제이슨 아리에타의 포심 패스트볼에 헛스윙 삼진으로 물러난 코일 시거라면 어떻게든 추격의 발판을 만들어줄 것이라고 기대했다.

그러나 정작 판을 흔든 건 마이클 리드였다.

—아, 리드! 초구부터 과감하게 뜁니다!

—데이빗 로스! 2루 송구! 어떻게 됐나요?

—세이프! 세잎이네요. 마이클 리드. 어마어마한 주력으로 단숨에 2루를 훔쳐 냅니다.

모두의 주목을 받으며 마이클 리드는 2루 베이스를 밟은 채 바지를 툭툭 털어냈다. 그러고는 박건호 쪽을 향해 가볍게 주먹을 들어 올려 보였다.

—아, 저건 건을 향한 세리머니일까요?

—마이클 리드. 지역 신문과의 인터뷰에서 가장 본받고 싶은 선수로 건을 꼽았는데요. 아무래도 건의 호투에 자극을 받은 것 같습니다.

—확실히 오늘 건의 피칭은 제이슨 아리에타와는 다른 의미에서 환상적입니다. 1회부터 4회까지는 위기 상황을 노련하게 넘기더니 5회 이후로는 다시 사이영 상급 피칭으로 경기를 지배하고 있어요.

—5회부터 퍼펙트 피칭이죠. 게다가 삼진만 7개입니다.

—2회 초 홈런만 없었더라면 그야말로 완벽했을 텐데요.

—하지만 저는 오늘의 건도 충분히 매력적입니다. 솔직히 지금까지는 실력만큼이나 운이 따라주는 투수라고 생각했는데 생각이 달라졌어요.

—하하. 제아무리 운이 따른다 해도 커리어 하이 시즌을 기록한 슬레이튼 커쇼와 제이슨 아리에타, 에디슨 범가너를 제치고 트리플 크라운을 차지할 수는 없겠죠. 어쨌든 건의 호투가 일방적일 뻔했던 경기 분위기를 완전히 바꿔놓은 것만큼은 분명한 것 같습니다.

마이클 리드가 2루 도루에 이어 3루 도루까지 성공시키자 ESPM 중계진들은 마치 경기가 뒤집힌 것처럼 호들갑을 떨어

댔다.

그 와중에도 마이클 리드는 박건호를 향해 두 주먹을 뻗었다. 마치 박건호를 위해 이를 악물고 도루를 한 것처럼 말이다.

그러나 속사정을 알고 있는 안승혁과 오스틴 번은 마이클 리드가 손을 뻗을 때마다 웃음을 참지 못했다.

"저 녀석, 저거 지금 삼계탕 사달란 소리지?"

"에이, 설마."

"설마는 무슨 설마야. 네가 경기 전에 그랬잖아. 오늘 경기 승리의 1등 공신에게 삼계탕을 쏘겠다고."

"그거야 너희들 들으라고 한 소리였지."

"그때 저 녀석도 눈을 반짝였다고."

"야, 삥치지 마."

"진짜라니까? 그럼 나랑 내기할래?"

"좋아. 만약에 리드의 입에서 삼계탕 이야기 안 나오면 네가 오늘 스테이크 쏴!"

"콜. 만약에 리드가 홈에 들어와서 너한테 삼계탕 이야기하면 오늘 경기 끝나고 모두에게 밥 사."

"야, 인마. 왜 나는 스케일이 큰데?"

"어허! 사이영 상을 노리는 위대한 투수께서 고작 밥 한 끼 가지고 앓는 소리 하는 거야?"

"그러는 너도 신인상이 유력하잖아!"

"나야 아직 루키고, 넌 곧 대형 계약을 맺을 거잖아. 그러니까 잔말 말고 쏴."

"젠장. 좋아, 어디 누가 이기나 지켜보자."

오스틴 번은 뜬금없이 내기 판을 벌인 박건호와 안승혁을 번갈아 보았다. 그러고는 안승혁 쪽으로 궁둥이를 옮겨 앉았다.

"뭐야?"

"뭐긴 뭐야. 난 안의 편이라는 소리지."

"쳇, 두고 봐. 내가 이기면 넌 국물도 없어."

"참고로 난 코리안 치킨 스프에는 별 관심이 없어. 하지만 네가 프란체스카에서 한턱낸다면 이야기는 다르지."

"내가 언제 프란체스카에서 쏜다고 했는데?"

"그거야 당연한 거 아냐? 다저스 선수단 전원을 받아줄 만한 곳은 프란체스카뿐이라고."

프란체스카는 다저스 스타디움 인근에서 가장 큰 규모를 자랑하는 고급 레스토랑이었다. 특별히 음식값이 비싼 편은 아니지만 다저스 선수들의 먹성을 감안했을 때 최소 수천 달러의 출혈은 각오해야 하는 상황이었다.

"흥! 맘껏 떠들어 보라지. 나는 리드를 믿는다고."

박건호는 홀로 팔짱을 끼고 경기장을 바라봤다.

볼카운트는 투 스트라이크 원 볼.

3루에 마이클 리드를 두고 3번 타자 코일 시거가 위기에 몰려 있었다.

"코일! 한 방 날려!"

"네 안타에 프란체스카가 걸려 있다고!"

안승혁과 오스틴 번이 큰 목소리로 코일 시거를 독려했다.

그 소리를 듣기라도 한 듯, 코일 시거는 연달아 두 개의 파울 타구를 만들어낸 뒤 몸 쪽을 파고드는 제이슨 아리에타의 포심 패스트볼을 잡아당겨 좌익선상에 떨어지는 2루타를 만들어냈다.

"그렇지!"

자리에서 벌떡 일어나 타구를 쫓던 박건호가 이내 주먹을 움켜쥐며 소리쳤다.

역시 찬스에 강한 코일 시거였다. 동점만 되어도 좋겠다고 생각했는데 중요한 순간에 2루타를 때려냈다. 그것으로도 모자라 중계 과정의 실수를 파고들고 3루까지 훔쳐 냈다.

"이 예쁜 자식! 들어오기만 해봐! 삼계탕을 마구마구 먹여줄 테니까!"

잔뜩 신이 난 박건호는 코일 시거와 약속된 세리머니를 주고받았다. 그러느라 마이클 리드가 자신의 옆까지 다가왔다는 사실을 알아채지 못했다.

"이봐, 건. 코일도 잘했지만 마이클도 칭찬해 달라고."

오스틴 번이 박건호의 엉덩이를 툭 하고 때렸다.

그러자 마이클 리드가 기다렸다는 듯이 입을 열었다.

"건! 아까 내가 도루한 거 봤어?"

"그래. 잘 봤어, 리드. 너 정말 엄청 빠르더라."

"그렇지? 그럼 나도 뭔가 활약한 게 맞지?"

"그럼, 이 동점은 네 다리가 만든 거야. 물론 도루를 하지 않았더라도 네 다리라면 홈으로 들어왔겠지만 말이야."

"그럼 나도 코리안 스프 클럽에 들어갈 수 있을까?"

"뭔…… 클럽?"

"코리안 스프 클럽! 나도 너와 친해지고 싶다고."

갑작스러운 사랑 고백에 박건호는 잠시 말문이 막혀 버렸다. 마이클 리드가 자신을 본받고 싶어 한다는 이야기는 얼핏 들었지만 설마하니 이렇게 노골적으로 나올 줄은 예상하지 못한 것이다.

그러나 마이클 리드같이 메이저리그에 막 올라온 루키들에게 박건호는 말 그대로 경외의 대상이었다.

최근 메이저리그 스카우터들이 유망주들을 스카우트하려 할 때 습관처럼 하는 말이 있다.

'건처럼 만들어줄게. 나만 믿으라고.'

작년까지만 해도 투수들에게 가장 잘 먹히는 선수는 슬레이튼 커쇼였다. 그리고 타자들은 마이크 트라우스를 선호했다.

19살 메이저리그에 데뷔해 2011년과 2013년, 2014년 세 차례 사이영 상과 2014년 MVP를 수상한 슬레이튼 커쇼는 명실공히 메이저리그 최고의 투수로 군림하고 있었다.

마찬가지로 2011년, 19살에 메이저리그에 데뷔해 2012년 신인왕, 2014년과 2016년에 MVP를 수상한 마이크 트라우스는 메이저리그 최고의 타자 중 하나로 꼽혔다.

하지만 박건호가 등장한 이후로 메이저리그 루키들의 기준점이 달라졌다.

박건호처럼 마이너리그를 짧게 거친 뒤 데뷔 첫해에 신인상을 타고 그 이듬해 사이영 상에 버금가는 활약을 펼치는 것.

만화나 소설 속에나 나올 법한 이야기가 현실이 되면서 모든 유망주는 제2의 박건호가 되길 원했다.

마이클 리드도 그 유망주 중 하나였다. 비록 박건호보다 두 살이 많긴 했지만 마이클 리드는 투수인 박건호를 자신의 롤 모델로 삼았다. 그리고 박건호의 성공을 본받기 위해 노력했다.

그러나 애석하게도 시즌 중에는 이렇다 할 기회가 없었다.

마이클 리드가 메이저리그에 합류할 때 박건호는 감히 말조차 붙이기 어려운 상대였다.

2년 차임에도 박건호는 어마어마한 활약으로 슬레이튼 커쇼와 함께 다저스 마운드를 이끌고 있었다.

그 위상의 차이는 이제 막 메이저리그에 적응하기 시작하는 루키가 넘볼 만한 게 아니었다.

마이클 리드가 주전에 가까워진 시즌 막판에는 사이영 상 경쟁이 한창 치열했다.

박건호는 다른 팀 선수가 아닌 팀 동료이자 에이스인 슬레이튼 커쇼와 정정당당히 경쟁하고 있었다. 그래서 다른 동료들도 박건호와 슬레이튼 커쇼를 방해하지 않기 위해 노력하는 분위기였다.

시즌이 끝난 후에는 곧바로 포스트시즌이 시작됐다. 1988년 이후 30년 만에 월드시리즈 우승에 도전하는 상황에서 개인적인 친분을 다질 기회를 만들기란 쉽지 않았다.

그래서 마이클 리드는 시즌 이후를 노렸다. 설마하니 포스트시즌에서 박건호의 패전을 막는, 어마어마한 활약을 펼치리라고는 꿈에도 생각지 못한 채 말이다.

"코리안 치킨 스프. 나도 사줄 거지?"

마이클 리드가 잔뜩 상기된 얼굴로 박건호를 바라봤다. 그 모습이 마치 시험에서 만점을 받고 부모에게 칭찬과 선물을 기대하는 어린아이 같았다.

"너…… 코리안 치킨 스프가 뭔 줄 알긴 해?"

"물론이지! 마법의 스프잖아."

"하아……. 그건 또 누구한테 들었는데?"

"코일 시거가 그렇게 말했어. 작 피터슨은 최고의 스태미나 푸드라고 했고."

"마이클, 그건 그냥 헛소리에 불과해. 만약 정말로 코리안 치킨 스프가 대단한 요리였다면 아마 모든 선수가 나한테 들러붙었을걸?"

"나도 알아. 몸에 맞는 사람이 있고 맞지 않는 사람이 있다는 거. 그래도 난 몸에 맞을 거야. 걱정하지 마. 설사 몸에 문제가 생긴다고 해도 건, 너를 원망하지 않을 테니까."

"하아……. 네 맘대로 해라."

마이클 리드의 간절함에 박건호는 두 손 두 발 다 들었다. 저렇게 천진난만한 얼굴로 떠들어 대는데 매정하게 거절할 수도 없는 노릇이었다.

하지만 박건호는 알지 못했다. 마이클 리드가 원하는 게 삼계탕이 아닌, 삼계탕을 통한 박건호와의 유대라는 사실을 말이다.

"어쨌든 잘했어, 마이클. 네 덕분에 패전은 면했다."

박건호가 마이클 리드의 어깨를 두드렸다. 두 살 많은 형이었지만 180㎝ 정도 되는 마이클 리드의 체구는 호리호리한 편이었다. 덩치로만 놓고 보자면 누가 보더라도 박건호가 형처럼 느껴졌다.

마이클 리드도 박건호의 독려가 싫지 않았다. 슬레이튼 커쇼에 이어 미래의, 자신이 활약할 다저스를 이끌어 갈 에이스가 직접 어깨를 두드려 주는데 싫을 리가 없었다.

반면 짓궂게 마이클 리드를 박건호 쪽으로 밀어 넣었던 안승혁과 오스틴 번의 얼굴에는 묘한 긴장감이 어렸다.

"허, 저러다 둘이 아주 살림을 차리겠는데?"

"그러게 말이야. 오스틴, 너 그러다 마누라 자리 빼앗기는 거 아니냐?"

"흥! 저 녀석이 포수로 전업하지 않는 이상 그럴 일은 일어나지 않아!"

"어쨌든 정신 바짝 차리는 게 좋겠어. 여차했다간 우리 자리가 밀릴지도 모른다고."

다저스 선수 중 박건호와 가장 친한 건 누가 뭐래도 고등학교 동기인 안승혁이었다. 그리고 그런 안승혁과 필적할 정도의 상대는 배터리를 이루는 오스틴 번뿐이었다.

데뷔 2년 차 만에 미래의 에이스로 거듭난 박건호 덕분에 안승혁과 오스틴 번은 다른 선수들로부터 실력 이상의 존중을 받았다. 박건호가 빼어난 활약을 펼치면 펼칠수록 두 사람의 영향력도 덩달아 높아졌다.

안승혁과 오스틴 번은 박건호의 좌우 자리를 포기하고 싶지 않았다. 어떻게든 노력해서 박건호와 함께 다저스의 미래를 이루는 중심축이 될 생각이었다.

"마이클, 저쪽으로 가."

"그래, 빨리 네 자리로 가버려."

안승혁과 오스틴 번은 은근슬쩍 박건호의 옆자리를 차지하려는 마이클 리드에게 눈치를 주었다.

"싫어. 난 건하고 할 이야기가 남았다."

물론 마이클 리드도 호락호락 물러서지 않았다. 안승혁과 오스틴 번이 두 팔을 잡고 끌어당기는데도 이를 악물고 버텼다.

그렇게 잠시 더그아웃이 소란스러워지려던 찰나.

따악!

에이든 곤잘레스가 잡아당긴 타구가 좌측 담장 밖으로 사라져 버렸다.

"크아아아!"

"에이든!"

"이겼어! 이겼다고!"

안승혁과 오스틴 번, 마이클 리드는 언제 그랬냐는 듯 서로 얼싸안으며 기쁨을 함께했다. 그리고 다음 날부터 박건호의 주변 멤버가 한 사람 더 늘어났다.

—아아……. 제이슨 아리에타, 7회에 무너지네요.

—투구 수가 100구를 넘어가는 시점부터 흔들리기 시작했는데요. 에이든 곤잘레스에게 투런 홈런을 허용하고 말았습니다.

—몸 쪽 포심 패스트볼이었는데요. 너무 정직하게 들어갔어요.

—코스도 코스지만 구속 자체가 나오지 않고 있습니다. 1회에 비해 3mile/h이나 떨어졌어요. 저런 밋밋한 공으로는 에이든 곤잘레스를 이겨내기 어렵습니다.

—조 메이든 감독, 결국 더그아웃을 나서는데요. 바꾸겠죠?

—바꿔야죠. 솔직히 1 대 1 동점이었을 때 바꿨어야 했는데 조금 늦은 감이 있습니다.

—제이슨 아리에타, 비록 7회에 3실점을 하긴 했습니다만 잘 던졌습니다.

—네, 상대가 사이영 상 후보인 건이었어요.

—건이 비록 오랜 휴식으로 인해 경기 초반에 흔들리긴 했지만 그래도 건은 건이죠.

EPSM 중계진이 다시 박건호의 칭찬을 시작하려는 무렵, 마운드에 오른 조 메이든 감독은 고심에 빠져들었다.

타이밍상 바꿔야 했다. 3실점을 떠나 제이슨 아리에타의 투구 수가 110구를 넘긴 상황이었다.

5번 타자 안승혁은 힘 있는 타자였다. 시즌 막판 홈런을 몰아치며 올해만 21개의 타구를 담장 밖으로 넘겨 버렸다. 한계 투구 수에 가까워진 제이슨 아리에타가 쉽게 볼 만한 상대가 아니었다.

하지만 제이슨 아리에타의 머릿속에 안승혁은 첫 타석에서 유격수 플라이로 물러나고 두 번째 타석에서는 병살타를 때려준 만만한 타자에 불과했다.

"이번 이닝까진 제가 책임지겠습니다."

"제이슨."

"아직 불펜 준비 안 됐잖아요. 그렇죠?"

"무리하지 마. 챔피언십 시리즈는 길다고."

"그러니까 제가 이번 이닝까지 책임지겠다고요. 여기서 내려가면…… 억울해서 잠이 오지 않을 것 같아요."

제이슨 아리에타가 울분을 억누르며 말했다.

챔피언십 시리즈의 향방이 달린 1차전에서 6이닝을 1피안타 무실점으로 틀어막다가 7회 말에 갑자기 무너졌으니 스스로에게 화가 나는 것도 무리는 아니었다.

"그래. 이번 이닝까지. 부탁해."

조 메이든 감독은 어쩔 수 없다는 얼굴로 고개를 끄덕였다. 제이슨 아리에타의 자존심을 지켜주기 위해 여기까지 끌고 왔는데 아웃 카운트 두 개 정도 더 기다려 주지 못할 이유는 없었다.

그러나 ESPM 중계진의 생각은 달랐다.

—아, 조 메이든 감독. 그냥 내려가는데요.

—하하. 저건 미친 짓이죠. 제이슨 아리에타를 방치해 버렸네요.

—제이슨 아리에타가 고집을 피운 걸까요?

—에이스로서 뭔가 책임지려는 자세는 칭찬받아 마땅합니다. 하지만 제이슨 아리에타는 4차전에도 마운드에 올라야 합니다. 그것도 고작 사흘을 쉬고 말이죠.

—제이슨 아리에타, 올 시즌 200이닝이 넘는 투구를 펼쳤는데요. 체력적인 부담이 적지 않을 것 같습니다.

—아마 이번 이닝까지는 제이슨 아리에타에게 맡길 생각인 것 같은데 다음 타자가 안이거든요.

—올 시즌 21개의 홈런을 때려낸 강타자죠. 풀타임을 치렀다면 30홈런을 넘길 게 확실시되는 선수입니다. 올해 신인왕 유력 후보 중 한 명인데요.

—앞선 두 타석에서 좋은 결과를 이끌어냈다고 안을 만만하게 본 것 같은데 제이슨 아리에타, 조심해야 합니다. 안에게 몸 쪽 공을 잘못 던졌다간 더 큰 위험에 처하게 될 수 있습

니다.

ESPM 중계진의 우려 속에 제이슨 아리에타가 초구를 던졌다.

퍼엉!

바깥쪽으로 흘러 나가는 포심 패스트볼.

스트라이크존에서 공 하나 정도 벗어난 아슬아슬한 코스였지만 안승혁은 눈 하나 까딱하지 않았다.

"후우……."

길게 숨을 고른 뒤 제이슨 아리에타는 재차 바깥쪽을 노렸다.

이번에는 주 무기 싱커.

구속은 떨어졌지만 여전히 예리한 움직임이 안승혁의 방망이를 잡아끌기에 충분해 보였다.

그러나 안승혁은 이번에도 공을 참아냈다. 골라냈다기보다는 볼카운트상 하나 지켜본 것 같은 느낌이 강했지만 덕분에 볼카운트는 노 스트라이크 투 볼이 됐다.

'안 되겠어. 차라리 이 녀석을 거르자고.'

포수 데이빗 로스가 고개를 흔들었다. 투 볼에서 무리하게 승부를 걸다 장타를 허용하느니 차라리 1루를 채운 뒤 다음 타자 저스트 터너를 상대하는 게 낫다고 생각했다.

그러나 제이슨 아리에타는 안승혁을 그냥 내보낼 생각이 없었다.

'승부할 거야.'

'제이슨!'

'저 녀석을 1루에 내보내면 120구가 넘어갈 거라고. 나는 빨리 이번 이닝을 끝내고 싶어.'

제이슨 아리에타의 고집을 이기지 못한 데이빗 로스는 몸 쪽 낮은 코스로 싱커를 요구했다. 눈에 익은 바깥쪽 코스로 3구 연속 공을 던지느니 하나쯤 몸 쪽에 보여줄 필요가 있다고 여겼다.

제이슨 아리에타도 군말 없이 고개를 끄덕였다. 그리고 안승혁을 땅볼로 유도하기 위해 몸 쪽에 바짝 붙는 싱커를 던졌다.

하지만.

따악!

안승혁은 기다렸다는 듯이 싱커를 잡아당겨 다시 한번 담장 밖으로 타구를 날려 버렸다.

—백투백 홈런입니다! 안! 제이슨 아리에타를 완전히 무너뜨립니다!

—후우……. 이건 너무 안타까운 결과네요.

–아, 조 메이든 감독. 또다시 마운드로 올라옵니다.
–바꿔줘야죠. 더 이상은 어려워 보입니다.

안승혁에게 홈런을 허용한 제이슨 아리에타는 두 개의 아웃 카운트를 채우지 못하고 강판당하고 말았다.

그리고 제이슨 아리에타를 구원 등판한 베테랑 존 럭키를 상대로 6번 타자 저스트 터너가 다시 한번 홈런포를 쏘아 올리며 점수는 5 대 1까지 벌어졌다.

뒤이어 타석에 들어선 오스틴 번도 챔피언십 시리즈 첫 안타를 신고했다. 존 럭키의 유인구를 철저히 골라낸 뒤 바깥쪽 포심 패스트볼을 밀어쳐 1, 2루 간을 꿰뚫은 것이다.

"저 자식이 치사하게."

1루에서 환호하는 오스틴 번을 바라보며 박건호가 질근 입술을 깨물었다. 그러고는 몸 쪽으로 밋밋한 패스트볼이 들어오자 망설이지 않고 힘껏 잡아당겼다.

하지만 애석하게도 타구는 정확하게 유격수 정면으로 굴러가 버렸다.

–존 럭키, 저스트 터너에게 홈런을 허용하긴 했습니다만 건을 땅볼로 유도하며 두 개의 아웃 카운트를 잡아냅니다.
–건, 잘 때렸습니다만 아쉬운 결과가 나왔습니다.

—솔직히 저 공은 땅볼을 유도하기 위해 던진 곳이었는데요. 건이 덥석 미끼를 물고 말았네요.

—하하. 그래도 괜찮아요. 건. 이제 두 이닝만 막아내면 다저스에게 챔피언십 시리즈 첫 승을 선물할 수 있습니다.

타석에서 헛심을 쓴 것에 대한 분풀이를 하듯 박건호는 8회 초, 세 명의 타자를 연속 삼진으로 돌려세우며 이닝을 끝마쳤다.

7번 타자 하비 바에즈부터 시작해 8번 타자 데이빗 로스 그리고 대타로 나선 마크 스윙스까지 분위기를 반전시키기 위해 적극적으로 달려들었지만 박건호의 위력적인 피칭을 감당해 내지 못했다.

8이닝 3피안타 1실점. 사사구 2개. 삼진 14개.

박건호가 투구를 마치고 마운드를 내려가자 다저스 팬들이 전부 다 일어나 박수를 보냈다.

—건! 그야말로 사이영 상에 어울리는 피칭을 선보였습니다.

—이제 컵스의 공격은 한 이닝밖에 남지 않았는데요. 넉 점 차를 극복하기란 쉽지 않아 보입니다.

다저스의 8회 말 공격은 득점 없이 끝이 났다. 그리고 컵스의 9회 초 공격을 앞두고 마무리 투수 켈리 젠슨이 마운드에 올라왔다.

전광판의 스코어는 5 대 1. 세이브 상황은 분명 아니었다. 메이저리그 최고 수준의 마무리 투수를 올릴 분위기도 아니었다.

하지만 모렐 허샤이저 감독은 망설이지 않고 켈리 젠슨 카드를 꺼냈다. 박건호가 만들어낸 분위기를 망가뜨리지 않고 팀을 승리로 이끌 투수는 켈리 젠슨뿐이라고 판단한 것이다.

켈리 젠슨은 모렐 허샤이저 감독의 기대에 100퍼센트 부응했다.

–삼진! 삼진입니다! 켈리 젠슨! 3번 타자 앤서니 라조를 삼진으로 돌려세우며 컵스의 9회를 지워버립니다.

–다저스 마운드. 정말 대단하네요. 건과 켈리 젠슨이 잡아낸 삼진이 무려 16개입니다. 27개의 아웃 카운트 중에 60퍼센트를 삼진으로 해결했습니다.

–컵스 입장에서는 아쉬운 경기일 수밖에 없을 것 같습니다. 2회 반 조브리스트의 솔로 홈런에 이어 3회와 4회도 득점 기회를 잡았었는데 병살타로 무산이 됐거든요.

–만약 그 두 번의 기회 중 한 번만 살렸더라도 경기가 이렇

게 일방적으로 끝이 나지는 않았을 겁니다.

—오늘 경기 MVP를 전망해 보신다면요?

—그야 말할 필요도 없이 건이죠. 건이 아니었다면 다저스의 챔피언십 시리즈 첫 승은 없었을 겁니다.

—타자들도 고루 활약을 펼쳤는데요.

—타자들의 활약 역시 건의 호투가 있었기 때문에 가능한 일이었습니다. 만약 건이 계속해서 흔들렸다면 7회의 대역전극은 나오지 않았을 겁니다.

ESPM 중계진의 예상대로 박건호는 챔피언십 시리즈 1차전 MVP에 선정됐다.

"커쇼를 대신해 1차전 선발을 통보받았을 때 기쁜 마음만큼이나 부담감이 컸습니다. 상대가 제이슨 아리에타라서가 아니었습니다. 가장 중요한 1차전을 제가 망칠지도 모른다는 불안감이 잠깐 들었죠. 하지만 그 불안감은 이내 안도로 바뀌었습니다. 2차전 선발이 커쇼라고 생각하니 오히려 마음이 편해졌거든요. 경기 초반에 어깨가 덜 풀려서 고전했을 때도 크게 걱정하지 않았습니다. 최소 실점으로 버티면 타자들이 어떻게든 경기를 뒤집어줄 거라 믿었습니다. 오늘 승리는 모두가 힘을 합친 결과라고 생각합니다. 너무 기뻐서 말이 두서가 없는데…… 어쨌든 이겨서 정말 좋습니다."

쏟아지는 플래시 세례 속에서 박건호는 승리의 기쁨을 마음껏 표출했다. 그리고 팀의 에이스이자 사이영 상 라이벌인 슬레이튼 커쇼와 서로 승리를 축하해 주는 다정한 모습도 연출해 보였다.

건! 제이슨 아리에타 잡고 첫 승!

다저스 선승. 홈 2연전 연승 이어간다!

슬레이튼 커쇼! 건의 기운을 받아 기필코 승리하겠다, 선언!

주요 전문가들, 다저스가 2연승을 거둘 거라 단언!

1차전이 일방적으로 끝나자 언론들은 챔피언십 시리즈의 전망을 뒤집었다. 생각보다 팽팽한 접전이 될 거라던 당초 예상을 뒤엎고 다저스가 손쉽게 승리를 거둘 것이라고 말을 바꿨다.

“이제 겨우 한 경기가 끝났을지 모릅니다. 하지만 그 한 경기가 챔피언십 시리즈의 판도를 뒤흔들어 놓았습니다.”

“오늘 경기에서 건은 위대했습니다. 위대하다는 말 이외에는 따로 형용할 길이 없을 정도였죠. 물론 제이슨 아리에타도 잘 던졌습니다. 하지만 건의 상승세를 꺾기에는 역부족이었던 것 같습니다.”

“제이슨 아리에타가 정규 시즌과 포스트시즌이 다르다는

걸 건에게 가르쳐 주겠다고 큰소리까지 떵떵 쳤는데 말이죠.”

“싸움을 붙인 건 시카고 언론이죠. 그리고 그런 신경전이 경기 결과에 큰 영향을 미쳤으리라고는 생각하지 않습니다.”

“중요한 건 이겁니다. 6일 만에 등판해 컨디션 조절이 어려웠던 건은 8이닝을 버티며 한 점만 내줬습니다. 반면 정확하게 4일을 쉬고 마운드에 오른 제이슨 아리에타는 7회를 버티지 못하고 무너졌죠.”

“어쨌든 1차전의 여파가 상당히 오래 지속될 것 같다는 생각이 듭니다.”

“에이스를 내세운 컵스는 패배했습니다. 반면 에이스를 아낀 다저스는 승리했죠.”

“벌써부터 2차전은 해보나 마나라는 이야기도 나도니까요.”

“솔직히 슬레이튼 커쇼와 카일 핸드릭스의 맞대결은 슬레이튼 커쇼 쪽으로 기울 수밖에 없죠.”

“문제는 3차전인데 마에다 케이타가 3차전에서 승리를 거둔다면 시리즈 스윕도 가능할지 모르겠습니다.”

“설사 마에다 케이타가 패배하더라도 모렐 허샤이저 감독의 계산처럼 5차전에 끝날 가능성은 충분해 보입니다.”

전문가들이 볼 필요조차 없다고 단언한 챔피언십 시리즈 2차전은 다저스의 대승으로 끝이 났다.

카일 핸드릭스는 5이닝을 버티지 못하고 8피안타 5실점으로 무너지며 디비전 시리즈에서의 악몽을 재현했다.

반면 슬레이트 커쇼는 1승의 여유와 홈 관중들의 열렬한 환호를 등에 업고 7이닝 무실점 호투로 에이스로서의 자존심을 세웠다.

시리즈 스코어 2 대 0.

다저스가 저만치 앞서가는 가운데 다저스와 컵스는 시카고로 자리를 옮겼다.

"홈에서 치러지는 3연전을 전부 쓸어 담겠습니다."

조 메이든 감독은 기자들과의 인터뷰에서 홈 스윕을 자신했다.

3차전에 등판하는 존 레스트가 마에다 케이타를 상대로 좋은 투구를 펼쳤고 4차전에 올라올 제이슨 아리에타와 5차전 선발 카일 핸드릭스가 홈구장에서 강한 모습을 보여왔던 만큼 승산은 충분하다는 것이었다.

그러자 모렐 허샤이저 감독도 시카고에서 시리즈를 끝내겠다는 뜻을 다시 한번 밝혔다.

"다저스 팬들에게는 미안한 이야기지만 우리는 5차전 이전에 이 시리즈를 끝낼 생각입니다. 최대한 빨리 챔피언십 시리즈를 마무리 지은 뒤 여유롭게 월드시리즈를 준비하겠습니다."

만원 관중이 들어찬 러글리 필드에서 펼쳐진 3차전은 기대

이상으로 팽팽하게 펼쳐졌다.

다저스 선발 투수들 중 가장 만만하다는 평가에 자극을 받은 마에다 케이타는 시즌 중에도 보기 어려웠던 8이닝 6피안타 3실점 호투를 펼치며 마운드를 지켰다.

중계진이 러글리 필드가 아니라 다저스 스타디움에 온 것 같다는 찬사를 보낼 정도로 최선을 다한 피칭이었다.

그러나 애석하게도 승리는 컵스가 가져갔다. 시즌 중 마에다 케이타를 상대로 아쉬운 판정패를 당한 것에 대한 복수를 하듯 존 레스트가 7이닝 4피안타 1실점 완벽투를 선보였기 때문이다.

최종 스코어 3 대 2.

장타 하나면 경기가 뒤집힐 수도 있는 상황이었지만 다저스 타선은 침묵했고 컵스 불펜은 리드를 지켜냈다.

경기 종료 후 컵스 선수들은 우승이라도 한 것처럼 환호를 내질렀다. 조 메이든 감독도 벌겋게 상기된 얼굴로 시리즈 스윕까지 2승 남았다며 호들갑을 떨어댔다.

한 점 차 패배를 당한 다저스 선수단의 분위기는 살짝 가라앉았다. 하지만 다음 경기에 지장을 받을 정도는 결코 아니었다.

"괜찮아. 남은 두 경기를 잡아서 5차전에서 끝내자고!"

"그래, 우리에게는 건과 커쇼가 있으니까!"

다저스 선수들은 서로를 독려하며 4차전을 준비했다.

4차전 선발은 1차전 때와 같았다.

컵스의 에이스 제이슨 아리에타.

다저스의 신성, 박건호.

사이영 상 후보 간의 두 번째 맞대결이 펼쳐졌다.

"오늘만큼은 기필코 이기겠습니다."

제이슨 아리에타는 경기 전 필승을 다짐했다. 1차전의 패배를 어떻게든 설욕하겠다며 의욕을 불태우더니 마운드 위에서 9이닝을 버티며 5피안타 1실점으로 에이스다운 피칭을 선보였다.

그러나 사흘 휴식 후 등판한 박건호의 컨디션은 박건호 본인조차 놀랄 만큼 좋았다.

"스트라이크, 아웃!"

"스트라이크, 아웃!"

"스트라이크, 아웃!"

9회 마지막 세 타자를 전부 삼진으로 돌려세운 뒤 박건호가 왼 주먹을 높이 들었다.

순간 관중으로 가득 찼던 리글리 필드 곳곳에서 깊은 탄식이 터져 나왔다.

"젠장, 끝났어."

"건, 저 자식 왜 저렇게 잘 던지는 거야!"

9이닝 2피안타 무실점 완봉승.

박건호가 사이영 상을 받을 자격이 충분하다는 걸 스스로 입증해 내며 2년 연속 월드시리즈 우승을 차지했던 컵스를 챔피언십 시리즈 탈락 위기에 몰아넣었다.

"역시 건입니다. 제가 뭐라고 했습니까?"

"컵스는 오늘 경기에서 잘못한 게 단 하나도 없습니다. 제이슨 아리에타는 최선을 다했고 타자들도 어떻게든 점수를 뽑아내려고 집요하게 달려들었죠. 그런데도 완봉패를 당했습니다. 이유요? 그야 상대 투수가 건이었기 때문이죠."

"1차전에서 건이 제이슨 아리에타를 상대로 판정승을 거두었을 때만 해도 그런 생각을 했습니다. 건은 운이 좋았다. 제이슨 아리에타는 불운했다. 하지만 오늘 경기를 보니 제 생각이 틀렸다는 걸 알게 됐습니다. 저는 제이슨 아리에타를 누구보다 사랑하는 컵스 팬이지만…… 미안해요, 제이슨. 건은 당신을 뛰어넘었습니다."

"오늘 건의 피칭은 대단할 게 없었습니다. 그게 건이에요. 컵스든 누구든 마음만 먹으면 셧아웃시킬 수 있는 게 바로 건입니다. 그보다 저는 건의 인터뷰가 마음에 들었습니다."

"결승 홈런을 때려낸 안에게 모든 영광을 돌리겠다고 한 거요?"

"아뇨. 슬레이튼 커쇼를 비롯해 위대한 선수들과 함께 뛸 수 있어서 기쁘다는 부분이요. 올해 다저스는 건이 이끌었다고 해도 과언이 아닙니다. 건이 어마어마한 활약을 해줬기 때문에 슬레이튼 커쇼도 커리어 하이 시즌을 보낼 수 있었고 마운드도 안정될 수 있었죠. 그런데도 건은 여전히 스스로를 낮추며 동료들과 공을 나누려 하고 있습니다. 벌써부터 에이스의 자질을 확실히 보여주고 있어요."

"건이 동료들과 기쁨을 함께하는 게 어제오늘의 일은 아니죠. 다만 최근 들어 슬레이튼 커쇼를 언급하는 빈도가 늘어나긴 했습니다."

"그거 존경심보다는 다저스 구단의 지시 아닐까요?"

"하하. 다저스 팬들에게 돌 맞을 소리 마세요. 건은 진심으로 슬레이튼 커쇼를 존경하고 있습니다. 그리고 슬레이튼 커쇼의 발자취를 따라가려고 노력하고 있죠."

"아마 큰 부상만 없다면 건은 최소한 슬레이튼 커쇼의 족적을 전부 따라갈 겁니다. 그리고 제 예상대로라면 종국에는 슬레이튼 커쇼를 넘어서겠죠."

"하지만 슬레이튼 커쇼도 이대로 호락호락 당하진 않을 겁니다. 두고 보세요. 아마 내일 경기에 칼을 갈고 나올 테니까."

전문가들의 예상대로 슬레이튼 커쇼는 9이닝 3피안타 무실점 완봉을 챙기며 챔피언십 시리즈를 끝마쳤다. 그리고 컵스에게 2년 연속으로 당했던 수모를 갚아주며 다저스를 월드시리즈로 밀어 올렸다.

경기 종료 후 기자들은 박건호와 슬레이트 커쇼를 챔피언십 시리즈 공동 MVP로 선정했다.

이견은 없었다.

박건호와 슬레이트 커쇼도 당연한 결과라며 웃으며 MVP 트로피를 나눠 들었다.

32장
월드시리즈(1)

1

아메리칸 리그 15개 팀 중 포스트시즌 티켓을 확보한 팀은 다음과 같았다.

동부 지구 1위 레드삭스(아메리칸 리그 전체 승률 1위)
서부 지구 1위 레인저스
중부 지구 1위 인디언스
와일드카드 1위 오리올스(동부 지구 2위)
와일드카드 2위 매리너스(서부 지구 2위)

와일드카드 결정전을 앞두고 전문가들은 홈경기에 강한 오리올스가 매리너스를 꺾고 레드삭스와 디비전 시리즈를 치르게 될 것이라고 예상했다.

그러나 정작 경기 결과는 정반대로 나왔다.

에이스 킹 펠리스, 펠리스 에르난데스의 호투 속에 매리너스가 오리올스를 2 대 0으로 꺾고 디비전 시리즈에 합류한 것이다.

레드삭스와 매리너스, 레인저스와 인디언스가 맞붙는 디비전 시리즈가 시작되자 전문가들은 레드삭스와 레인저스에게 가산점을 줬다.

레드삭스와 레인저스는 아메리칸 리그 최고의 타격을 자랑하고 있었다. 정확도는 물론이고 한 방 능력까지 갖추고 있어 타선이 한번 폭발하기 시작하면 대책이 없을 거라 여겼다.

하지만 이번에도 전문가들의 예상은 빗나갔다. 와일드카드 결정전을 치르고 온 매리너스가 열세를 뒤집고 5차전에서 레드삭스를 잡아내자 인디언스도 5차전 접전 끝에 레인저스를 물리치고 챔피언십 시리즈에 합류한 것이다.

다저스와 컵스가 맞붙은 내셔널 리그 챔피언십 시리즈는 전문가들이 예상하고 기대했던 매치 업이었다.

그러나 매리너스와 인디언스의 맞대결은 달랐다.

"매리너스는 그야말로 언더독의 반란을 보여줬습니다. 다만 그 기세가 어디까지 이어질지는 장담하기 어려울 것 같습니다."

"인디언스는 2016년 준우승에 이어 2017년과 올해, 2년 연속 챔피언십 시리즈에 올라왔습니다. 하지만 뭐랄까요. 해가 거듭될수록 2016년에 보여주었던 그 강렬함과는 거리가 멀어지는 느낌입니다."

"일단 투수력에 있어서는 매리너스가 앞서고 있습니다. 킹 펠리스가 건재하고 2선발로 올라선 오타니 쇼헤도 신인왕 후보로 손색이 없으니까요."

"인디언스는 상대적으로 투타의 밸런스가 좋습니다. 다만 올 시즌 선발진이 주춤한 게 조금 걱정스럽네요."

전문가들은 승패를 예측하기가 쉽지 않다며 어느 팀이 월드시리즈에 올라가더라도 7차전까지 가는 접전이 펼쳐질 것이라고 내다봤다.

콕스 TV와 ESPM에서 진행한 설문 조사 결과도 마찬가지였다. 매리너스가 이길 거란 의견은 20퍼센트로 인디언스가 월드시리즈에 올라갈 거란 응답(18퍼센트)과 큰 차이가 없었다. 반면 알 수 없다는 답변은 62퍼센트에 달했다.

모두의 예상처럼 인디언스와 매리너스는 매 경기 치열하게 맞붙었다.

클리블랜드에서 펼쳐진 1, 2차전에서 매리너스는 에이스

듀오 킹 펠리스와 오타니 쇼헤를 앞세워 2승을 거뒀다.

그러자 인디언스가 곧바로 반격에 나섰다. 시애틀에서 열린 3차전을 9회 초에 뒤집은 것을 시작으로 4차전과 5차전을 가져가며 시리즈 스코어에서 앞서가기 시작한 것이다.

클리블랜드로 자리를 옮긴 6차전.

매리너스의 선발은 제임스 피스톤이었다.

3차전에서 부진했던 이와쿠마 하사시를 대신해 마운드에 오른 제임스 피스톤은 7이닝을 3피안타 1실점으로 틀어막으며 아메리칸 리그 챔피언십 시리즈를 원점으로 돌려놓았다.

그리고 이어진 마지막 7차전에서 매리너스는 펠리스 에르난데스와 오타니 쇼헤를 동시에 투입해 8 대 7, 케네디 스코어로 인디언스를 따돌렸다.

그렇게 다저스와 매리너스라는, 닮은꼴 구단 간의 월드시리즈가 시작됐다.

2

아메리칸 리그 챔피언십 시리즈가 끝난 다음 날, 매리너스 선수단은 LA로 자리를 옮겨 왔다.

"인디언스와 힘든 경기를 치르면서 선수들이 지쳐 있는 게 사실입니다. 하지만 할 수 있다는 의지만큼은 최고입니다. 선발 로테이션이 꼬인 게 아쉽긴 하지만 LA에서 1승 1패를 거두고 시애틀에서 시리즈를 끝낼 수 있도록 노력하겠습니다."

불가능하리라 여겼던 월드시리즈행을 이뤄낸 탓일까.

매리너스의 스캇 서바이브 감독은 시종일관 자신감이 넘쳤다.

물론 전문가들은 다저스의 손을 들어주고 있었다.

매리너스의 올 시즌 성적은 87승 75패. 승률 0.537.

여느 때 같았다면 포스트시즌을 넘보기 어려운 성적이었다.

반면 다저스의 성적은 110승 52패. 승률 0.679.

매리너스보다 무려 23승을 더 거두었다.

정규 시즌과 포스트시즌은 별개라고 해도 다저스의 압도적인 우위는 크게 달라지지 않았다.

77년도에 창단된 매리너스는 지금까지 단 한 번도 월드시리즈에 진출한 적이 없었다. 다저스도 30년째 월드시리즈 우승을 하지 못하고 있지만 매리너스에 비하면 고민 축에도 들지 못할 정도였다.

월드시리즈까지의 여정을 놓고 봐도 다저스가 앞섰다.

다저스는 자이언츠와의 디비전 시리즈를 3승 1패로 끝마친 뒤 컵스를 4승 1패로 물리치고 내셔널 리그 챔피언 자리에 올랐다.

포스트시즌 성적 7승 2패.

승률 0.777로 시즌보다 더 좋았다.

반면 매리너스의 포스트시즌 성적은 8승 5패(0.615)였다. 다저스와 마찬가지로 시즌 승률보다 나은 경기력을 보여주고 있긴 하지만 추가로 치러진 와일드카드 결정전을 빼고 본다면 7승 5패(0.583)로 5할대 승률에 그쳤다.

"오랜만에 올라온 월드시리즈입니다. 가능하다면 홈에서 월드시리즈 우승 트로피를 들어 올리고 싶습니다."

30년 만에 월드시리즈 진출을 성공시킨 모렐 허샤이저 감독은 무리하지 않겠다는 뜻을 분명히 밝혔다.

이번 올스타전에서 내셔널 리그 올스타가 승리를 거두면서 다저스는 1, 2, 6, 7차전을 홈경기로 치르게 됐다.

7전 4선승제로 치러지는 월드시리즈 규정상 홈에서 우승을 차지하기 위해서는 6차전, 혹은 7차전에서 경기를 마무리 지어야 했다.

그러나 전문가들은 모렐 허샤이저 감독의 생각보다 월드시리즈가 일찍 끝날 가능성이 높다고 내다봤다.

"7차전까지 치르면서 매리너스 마운드는 지칠 대로 지쳐 있습니다. 1차전은 이와쿠마 하사시를 내보내면 된다지만 당장 2차전에는 내보낼 만한 마땅한 투수조차 없는 상황입니다."

"7차전을 잡기 위해 펠리스 에르난데스와 오타니 쇼헤를 동시에 투입한 건 신의 한 수였습니다. 하지만 그 신의 한 수가 통한 건 챔피언십 시리즈까지였죠. 일정대로라면 킹 펠리스는 빨라야 3차전, 오타니 쇼헤는 4차전 등판이 가능해 보입니다."

"1차전 선발이 이와쿠마 하사시로 확정이 됐고 2차전 선발로 제임스 피스톤이 유력한데, 글쎄요. 그들로 슬레이튼 커쇼와 건이라는, 내셔널 리그 최고의 투수들을 상대할 수 있을지 의문입니다."

"세이코 필드에서 치러지는 3연전도 장담하기 어렵죠. 킹 펠리스가 정상 컨디션을 되찾는다면 마에다 케이타를 상대로 우세한 경기를 펼칠지 모르겠습니다. 하지만 4차전에 다시 슬레이튼 커쇼가 등판하고 5차전에 건이 나오면 시리즈는 거기서 끝날 가능성이 높아 보입니다."

"그렇다면 관건은 4차전이 되겠네요."

"킹 펠리스가 3차전을 잡아주고 아메리칸 리그 신인왕이 유력한 오타니 쇼헤가 4차전에서 슬레이튼 커쇼를 이겨낸다면, 경기는 7차전까지 이어질지도 모르죠."

"아직 다저스의 선발 로테이션이 확정된 게 아니니 오타니 쇼헤의 상대가 슬레이튼 커쇼라고 확정하긴 어렵습니다. 챔피언십 시리즈와 마찬가지로 건이 먼저 등판할지도 몰라요."

"슬레이튼 커쇼와 건. 오타니 쇼헤가 둘 중 누구를 상대하더라도 쉽지 않을 겁니다. 오타니 쇼헤는 시즌 막판 들어 평균 자책점과 피안타율이 급상승했으니까요."

"그게 오타니 쇼헤가 아메리칸 리그 사이영 상 유력 후보군에서 탈락한 가장 큰 이유죠. 내셔널 리그 투수들의 수준이 지나치게 높다 하더라도 15승과 3점대 초반의 평균 자책점으로 아메리칸 리그 사이영 상을 노린다는 건 말이 되지 않습니다."

"슬레이튼 커쇼는 포스트시즌에서 홀로 4승을 따냈습니다. 건도 3승을 거뒀죠. 반면 오타니 쇼헤는 2승 2패로 성적이 좋지 않습니다."

"투타 겸업 때문인지는 모르겠지만 후반기 들어 확실히 체력적인 한계에 도달한 느낌입니다. 전반기 성적만 놓고 보자면 건과 함께 아시아 투수로서 양대 리그를 이끌었다고 해도 과언이 아니니까요."

"하하. 그건 좀 과장된 표현입니다. 오타니 쇼헤의 전반기 성적이 훌륭하긴 했지만 건에 비교하다니요."

"아메리칸 리그 아시아 투수 중에서 오타니 쇼헤의 전반기 성적이 가장 좋았다는 건 인정합니다. 하지만 건은 메이저리그를 통틀어 가장 좋았습니다. 그런 말도 안 되는 소리를 했다간 건의 팬들이 가만있지 않을 겁니다."

"어쨌든 매리너스로서는 힘든 일정을 치러야 하는 게 사실입니다."

"냉정하게 말해서 매리너스는 창단 후 첫 챔피언십 시리즈 우승에 만족해야 할 겁니다. 다저스는 너무 강해요."

"저도 같은 생각입니다. 올 시즌 메이저리그 구단들을 통틀어 포스트시즌에서 다저스에 대항할 만한 구단은 넷뿐이었습니다. 내셔널 리그의 컵스와 자이언츠 그리고 아메리칸 리그의 레드삭스와 레인저스. 컵스와 자이언츠는 다저스가 짓밟고 올라왔죠. 그리고 레드삭스와 레인저스는 예선조차 통과하지 못했습니다. 매리너스가 언더독의 기적을 일궈냈다고는 하지만 그건 어디까지나 상대 전력에서 큰 차이가 없었던 아메리칸 리그였기 때문에 가능한 일이었다고 생각합니다."

"만약 매리너스와 자이언츠의 리그를 맞바꿨다면…… 아마 다저스와 자이언츠의 월드시리즈가 열렸겠죠."

전문가들이 월드시리즈를 전망하는 사이 다저스의 선발 로테이션 순서가 발표됐다.

1차전 선발은 슬레이튼 커쇼, 2차전 선발은 박건호였다.

당초 LA 언론은 박건호-슬레이튼 커쇼-마에다 케이타 순서가 될 것이라고 전망했다.

챔피언십 시리즈를 5차전까지 치르면서 박건호와 슬레이튼 커쇼 모두 등판을 한 만큼 선발 순서를 바꿀 이유가 없다는 것이었다.

그러나 모렐 허샤이저 감독은 박건호에게 양해를 구한 뒤 슬레이튼 커쇼를 1차전에 내세웠다.

"누가 뭐래도 다저스의 에이스는 슬레이튼 커쇼입니다. 슬레이튼 커쇼는 월드시리즈 1차전에 나갈 자격이 충분합니다."

다소 뜻밖의 결정에 LA 언론들은 우려를 감추지 못했다. 그러나 다저스 팬들은 모렐 허샤이저 감독의 결정에 박수를 보냈다.

ㄴ당연한 결정이야. 휴식일이 부족하다면 몰라도 지금 같은 상황에서는 당연히 에이스를 예우해 줘야지.

ㄴ건에게도 나쁠 건 없어. 지난 챔피언십 시리즈 1차전을 보라고. 휴식일이 길어지면서 경기 초반 컨디션 조절에 애를 먹었잖아. 게다가 상대는 컵스의 에이스 제이슨 아리에타였고.

ㄴ맞아. 정말 그때 화장실도 가지 못해서 팬티에 오줌을 지릴 뻔했다니까.

ㄴ매리너스는 2차전에서 땜빵 선발을 써야 해. 킹 펠리스도 오타니 쇼헤도 나오지 못한다고.

ㄴ물론 킹 펠리스나 오타니 쇼헤가 나온다 해도 건을 이기진 못할 거야.

ㄴ인정. 리그를 떠나 건은 메이저리그 최강이야. 유일한 비

교 대상은 슬레이튼 커쇼뿐이라고.

다저스 팬들은 느긋한 마음으로 월드시리즈를 즐겼다. 레드삭스나 레인저스가 올라왔다면 긴장감이라도 들었겠지만 매리너스는 솔직히 체급이 다른 느낌이었다.

반면 매리너스 팬들은 이번 월드시리즈가 쉽지 않을 거라며 한숨을 내쉬었다.

ㄴ스캇 서바이브 감독은 대체 무슨 헛소릴 하는 거야? 홈 3연전에서 다저스를 잡겠다니. 제정신으로 하는 소리야?

ㄴ홈 3연전 안에 월드시리즈를 우승하려면 4전 전승을 거두거나 4승 1패를 하는 수밖에 없다고. 어느 쪽이든 터무니없는 소리인 것만은 분명해. 마치 팬들을 홈런과 파울도 구분 못 하는 애들 취급을 하고 있다고.

ㄴ난 솔직히 월드시리즈 우승은 포기했어. 올해는 챔피언십 시리즈에서 우승한 것만으로도 충분하다고.

ㄴ나도 같은 생각이야. 올해 다저스는 너무 강하다고. 슬레이튼 커쇼와 건 모두 커리어 하이 시즌을 달리고 있잖아.

ㄴ보나 마나 내년이 되면 둘 다 퍼질걸?

ㄴ좋아. 올해는 준우승으로 만족하고 내년 시즌을 노리자고.

ㄴ그게 무슨 바보 같은 소리야? 월드시리즈 우승이 계획대로 되는 건 줄 알아?

ㄴ그럼 어쩌자고? 선발 로테이션까지 꼬인 상황에서 꼭 욕심을 부려야겠어?

ㄴ당연하지! 해볼 수 있는 건 전부 해봐야 후회가 없다고.

ㄴ난 솔직히 불가능한 일에 헛심 쓰는 것 같아서 별로야.

한편 일본 언론은 이번 월드시리즈가 재패니스 시리즈가 될 것이라며 기대를 높였다.

"지금까지 알려진 대로라면 1차전에는 이와쿠마 하사시가, 3차전에는 마에다 케이타가, 4차전에는 오타니 쇼헤가 선발 등판할 예정입니다."

"그렇게 되면 5차전에는 다시 이와쿠마 하사시, 6차전에 마에다 케이타, 7차전에 오타니 쇼헤의 등판이 가능하니 2차전을 제외하고 월드시리즈 전 경기에 일본인 투수가 선발로 등판하는 진풍경이 펼쳐질 겁니다."

"그야말로 대단하지 않습니까?"

"매리너스와 다저스. 어느 쪽이 이기더라도 올해 월드시리즈는 야구 역사에 영원히 기록될 겁니다."

일본 언론들의 호들갑을 전해 들은 국내 야구팬들은 보란 듯이 코웃음을 쳤다.

ㄴ쟤들 또 시작이다.

ㄴ진짜 정신 승리 대단하지 않냐?

ㄴ존경스러워. 뭐든 저렇게 끼워 맞출 수 있다는 게.

ㄴ역시 조작과 날조의 나라답다.

ㄴ근데 솔직히 틀린 말은 아니지 않냐? 만약에 매리너스에 국내 선수가 있었다면 우리도 비슷한 기사를 내지 않았을까?

ㄴ아무리 그래도 재패니스 월드시리즈라는 표현은 좀 오글거리는데.

ㄴ부러우면 부럽다고 그래라. 우리도 박건호 없었다면 메이저리그에 이토록 열광했겠냐?

ㄴ뭐래? 난 엄마 뱃속에 있을 때부터 메이저리그 봤거든?

ㄴ닥치고 다저스 응원하자. 그게 최선이다.

ㄴ이렇게 된 거 박건호가 다시 오타니 쇼헤하고 맞붙었으면 좋겠는데. 그런 일은 없겠지?

ㄴ스캇 서바이브 감독이 머리에 총 맞았냐? 그런 미친 짓을 하게?

ㄴ매리너스가 월드시리즈에서 우승할 수 있는 유일한 방법은 킹 펠리스와 오타니 쇼헤가 승리를 따내는 것뿐이야. 그것 이외에는 방법이 없다고.

ㄴ그건 다저스도 마찬가지 아니야?

ㄴ냉정하게 평가하자면 슬레이튼 커쇼하고 박건호는 동급

이고 그다음이 펠리스 에르난데스 그리고 그 밑으로 오타니 쇼헤와 마에다 케이타 순서라서 느낌은 다르지.

ㄴ그래도 좀 심심한 대회가 될 것 같기는 해. 박건호가 킹 펠리스나 오타니 쇼헤 잡는 건 한번 보고 싶은데.

ㄴ또 모르지. 다저스가 3승하고 박건호 등판하면 스캇 서바이브 감독이 펠리스 에르난데스하고 오타니 쇼헤 동시에 투입할지도.

전 세계 야구팬들의 관심이 집중된 가운데 월드시리즈 1차전이 열렸다.

다저스의 선발 투수는 슬레이튼 커쇼. 이에 맞서는 매리너스의 선발 투수는 이와쿠마 하사시였다.

2012년 메이저리그에 데뷔한 이후로 4차례나 두 자릿수 승수를 기록한 이와쿠마 하사시는 베테랑 중의 베테랑이었다.

구속보다 노련함으로 타자들을 제압하는 슬레이튼 커쇼지만 경험적인 면에서 이와쿠마 하사시보다 앞선다고 말하기 어려웠다.

"내 장점을 살려야 해. 6이닝 2실점. 그렇게만 버텨준다면 타자들도 분명 점수를 뽑아줄 거야."

이와쿠마 하사시는 목표를 명확하게 세웠다.

선발 투수로서 6이닝 이상을 소화하면서 실점을 두 점 이하로 줄이는 것.

그중에서도 이와쿠마 하사시는 최소 실점에 초점을 맞췄다. 설사 5이닝밖에 던지지 못하더라도 점수를 내주지 않는 피칭을 해야만 승산이 있다고 판단했다.

그런 이와쿠마 하사시의 전략은 통했다. 다저스 타자들은 6회까지 한 회도 빠지지 않고 출루를 성공시켰지만 투구 수를 신경 쓰지 않는 이와쿠마 하사시의 유인구 승부에 휘말려 다 득점에 실패하고 말았다.

6이닝을 소화한 이와쿠마 하사시의 실점은 단 두 점.

마운드에 오르기 전 마음을 먹었던 결과와 다르지 않았다.

하지만 이와쿠마 하사시는 웃지 못했다. 평소 같았다면 잘 던졌다고 손바닥을 내밀어줬을 스캇 서바이브 감독도 굳은 얼굴로 자리를 지켰다.

"후우……."

벤치에 주저앉아 땀을 닦아내며 이와쿠마 하사시가 전광판을 올려다봤다.

스코어는 2 대 0.

다저스가 두 점 앞서가고 있는 상황이었다.

여기까지는 이와쿠마 하사시도 어느 정도 각오하고 있었다.

다저스의 선발인 슬레이튼 커쇼는 메이저리그 최고의 선발 투수로 꼽히는 사내였다.

올해 박건호의 등장으로 에이스 자리가 위태로워지긴 했지만 지난 10년을 놓고 봤을 때 슬레이튼 커쇼를 능가할 만한 투수는 없었다.

당연히 매리너스 타자들이 고전할 가능성이 높다고 판단했다.

그러나 이와쿠마 하사시도 매리너스 타자들이 이 정도로 무기력할 줄은 예상하지 못했다.

6회까지 슬레이튼 커쇼에게 뽑아낸 안타는 단 2개.

그것도 텍사스성 안타와 실책성 안타가 전부였다.

정타는 단 하나도 나오지 않았다. 슬레이튼 커쇼를 끈질기게 물고 늘어져 사사구를 얻어낸 타자도 없었다.

이와쿠마 하사시가 6회까지 105개의 공을 던지며 6피안타 2사사구 2실점, 탈삼진 4개로 버티는 동안 슬레이튼 커쇼는 72개의 공만으로 피안타 2개만 얻어맞고 8개의 삼진을 잡아냈다.

"오늘 경기는…… 글러 먹었어."

이와쿠마 하사시가 고개를 흔들었다. 야구의 신이 다시 매리너스의 편을 들어준다 하더라도 오늘 경기를 뒤집기란 불가능해 보였다.

7회에 이어 8회에도 마운드에 오른 슬레이튼 커쇼는 3개의 탈삼진을 추가하며 무실점으로 경기를 마쳤다. 그사이 다저스 타자들은 매리너스 불펜을 두들겨 한 점을 추가했다.

3 대 0.

승리의 추가 거의 기운 가운데 다저스의 마무리 투수 켈리 젠슨이 경기를 끝마치기 위해 나섰다.

그리고.

"스트라이크, 아웃!"

"스트라이크, 아웃!"

"스트라이크, 아웃!"

세 타자를 연속 삼진으로 잡아내고 다저스의 월드시리즈 첫 승을 지켜냈다.

슬레이튼 커쇼 8이닝 무실점 11K, 다저스 3 : 0 매리너스.

다저스, 에이스 슬레이튼 커쇼 앞세워 월드시리즈 첫 승.

주요 언론들은 담담하게 경기 결과를 전했다.

이와쿠마 하사시가 수준급 피칭을 선보이긴 했지만 상대는 내셔널 리그 사이영 상을 노리는 슬레이튼 커쇼였다.

애당초 이와쿠마 하사시가 기적을 만들어낼 거란 기대는 높지 않았다.

ㄴ뻔한 경기였어.

ㄴ이게 바로 에이스의 투구지. 이와쿠마 하사시와는 급이 다르다고.

ㄴ킹 펠리스가 1차전 선발로 나왔다 해도 경기 결과는 달라지지 않았을걸?

ㄴ당연하잖아. 킹 펠리스는 이제 하락세라고. 반면 슬레이튼 커쇼는 올해 커리어 하이를 달성했지.

ㄴ이러다가 시애틀에서 월드시리즈가 끝나 버리는 거 아냐?

ㄴ나도 갑자기 그런 걱정이 들었어.

ㄴ나도 나도.

다저스 팬들은 가능하면 LA에서 월드시리즈 우승의 기쁨을 함께하고 싶었다. 무려 30년을 기다려 온 월드시리즈였다. 다저스와 매리너스의 체급 차이가 크다곤 하지만 그래도 재미없는 월드시리즈가 되길 원하지는 않았다.

ㄴ이제 매리너스에게 남은 방법은 하나뿐이야.

ㄴ그게 뭔데? 매리너스에게 방법이 남아 있긴 한 거야?

ㄴ간단해. 킹 펠리스나 오타니 쇼헤, 둘 중 한 명을 당겨쓰는 거지.

ㄴ지금 제정신으로 지껄이는 건 아니지? 킹 펠리스와 오타니 쇼헤가 언제 등판했는지 알기나 하는 거야?

ㄴ선발 투수들의 휴식일을 챙겨주는 건 강한 팀들이나 하는 거라고. 매리너스는 모든 걸 쏟아부어야 해. LA 2연전에서 전부 패하면 월드시리즈 우승은 물 건너갈 거라고.

ㄴ원칙주의자이자 매리너스 골수팬인 할아버지가 이 이야기를 듣는다면 당장 지팡이를 던지겠지만 내 생각도 같아. 창단 후 첫 월드시리즈야. 우승을 하기 위해서 뭐라도 해야 한다고 봐.

시애틀 언론들조차 매리너스 팬들의 의견에 동조해 펠리스 에르난데스의 조기 등판 가능성을 입에 올리기 시작했다.

펠리스 에르난데스가 아메리칸 리그 챔피언십 시리즈 7차전에 선발 등판하긴 했지만 투구 수는 72구에 불과했다. 어쩌면 2차전에 나와서 5이닝 정도는 소화해 줄지 몰랐다.

그러나 스캇 서바이브 감독은 펠리스 에르난데스와 오타니 쇼헤의 휴식일을 보장해 주겠다는 뜻을 분명하게 밝혔다.

"이제 월드시리즈의 첫 경기가 끝났을 뿐입니다. 그리고 월드시리즈는 아직 6경기가 남아 있습니다. 마지막에 웃는 자가 이기는 겁니다. 먼저 웃었다고 해서 월드시리즈를 우승할 수 있는 건 결코 아닙니다."

스캇 서바이브 감독은 전문가들의 예상대로 4선발로 활약했던 제임스 피스톤을 2차전 선발로 내세웠다. 88년생 좌완투수로 매리너스 팬들에게는 긁히는 날에는 범가너라는 평가를 받고 있었다.

"내일 경기 자신 있냐고요? 다저스에게 매리너스의 무서움을 똑똑히 보여주겠습니다."

중요한 경기에 선발로 낙점된 제임스 피스톤은 자신감을 드러냈다. 거의 모든 언론과 야구팬들이 박건호의 승리를 점찍었지만 정작 제임스 피스톤은 박건호를 운 좋은 애송이라고 깎아내렸다.

"건의 공은 빠르죠. 하지만 뭐랄까. 가벼운 느낌이랄까요? 아마 한 타순이 지나면 우리 타자들이 안타를 뻥뻥 때려낼 겁니다. 두고 보세요. 건은 5회를 버티지 못하고 강판될 테니까."

제임스 피스톤은 한술 더 떠 5회 이전에 박건호와의 맞대결에서 승리를 거두겠다고 선언했다.

"내버려 둬. 착각은 자유니까."

언론을 통해 제임스 피스톤의 말을 전해 들은 박건호는 코웃음을 쳤다.

하지만 제임스 피스톤처럼 입으로 떠들어 대지 않았다. 장외 설전은 실력에 자신 없는 부류가 즐기는 싸움법이었다. 적어도 투수라면 마운드 위에서 싸워야 한다고 생각했다.

"오스틴, 오늘도 공격적으로 가자."

"오늘도?"

"그래, 포심 패스트볼의 비율을 최대한 높여줘. 그리고 커터도."

"매리너스 타자들 방망이 깨지는 소리가 벌써부터 들리는 거 같은데?"

오스틴 번이 씩 웃으며 너스레를 떨었다. 그러다 경기가 시작되자 언제 그랬냐는 것처럼 눈빛을 바꿨다.

"방망이를 짧게 잡아. 그리고 최대한 간결하게 스윙하라고. 우리의 1차 목표는 건을 지치게 만드는 거야. 점수를 뽑아내지 못하더라도 상관없어. 명심해. 건은 5차전에 선발로 나올 거야. 그날, 건을 무너뜨리지 못하면 우리의 우승은 없다고."

경기 전 에드 마르티네즈 타격 코치가 나서서 단호한 목소리로 말했다. 자존심 강한 타자들도 월드시리즈 우승이라는 이야기에 다들 군말 없이 고개를 주억거렸다.

"짧게. 간결하게."

타석에 들어선 1번 타자 레오나르도 마틴은 에드 마르티네즈 타격 코치의 주문을 충실하게 따랐다.

방망이를 평소보다 손가락 네 마디 이상을 짧게 움켜잡고는 포심 패스트볼에 타이밍을 맞췄다. 그리고 박건호의 초구가 빠르게 몸 쪽을 파고들자 망설이지 않고 방망이를 내돌렸다.

따악!

방망이 밑 부분에 걸린 타구가 그대로 1루 쪽 파울라인을 벗어났다. 자연스럽게 레오나르도 마틴의 입가로 해볼 만하다는 미소가 번졌다.

따악!

박건호가 내던진 바깥쪽을 파고드는 포심 패스트볼을 걷어내는 데 성공하자 레오나르도 마틴의 자신감은 더욱 커졌다.

"좋아, 좋아! 잘하고 있어!"

스캇 서바이브 감독도 손뼉을 치며 흥분했다.

시애틀 언론은 오늘 경기의 승패가 박건호의 포심 패스트볼 공략에 달렸다고 말했다.

그만큼 박건호의 포심 패스트볼은 메이저리그 투수 중에서 최고 수준이었다.

구속은 물론이고 무브먼트에 있어서도 박건호보다 질적으로 좋은 포심 패스트볼을 던지는 투수는 손에 꼽힐 정도였다.

그런데 그 대단한 포심 패스트볼이 경기 초반에 연속으로 커트가 됐다. 비록 방망이 중심에 공을 제대로 맞혀내지는 못했지만 박건호의 포심 패스트볼을 멍하니 지켜보거나 헛스윙을 하지 않았다는 것만으로도 충분히 고무적인 결과였다.

—레오나르도 마틴, 건의 포심 패스트볼을 또다시 걷어냅니다.

—집중력이 좋아 보이네요. 경기 초반에 102mile/h(≒164.2km/h)에 달하는 공을 때리기란 쉽지 않을 텐데요.

—확실히 건에 대해 준비를 많이 하고 나온 느낌입니다.

콕스 TV 중계진도 레오나르도 마틴의 기민한 대응에 칭찬을 아끼지 않았다.

바로 그때, 오스틴 번이 슬그머니 손가락을 움직였다.

첫 번째 수신호는 손가락 하나.

두 번째 수신호는 엄지손가락.

세 번째 수신호는 새끼손가락.

그러고는 미트를 레오나르도 마틴의 몸 쪽에 붙여 넣었다.

코스는 거의 한복판이라고 해도 과언이 아닐 정도였다.

자연스럽게 콕스 TV 중계석에서 당혹성이 터져 나왔다.

—오스틴 번, 지금 무슨 사인을 낸 거죠?

—레오나르도 마틴의 컨디션이 좋아 보이는데요. 저 코스에 포심 패스트볼을 던졌다간 얻어맞을지도 모릅니다.

콕스 TV 중계진의 우려 속에 박건호가 힘차게 투구판을 박차고 나갔다.

후앗!

박건호의 손끝을 빠져나간 공이 곧장 레오나르도 마틴의 몸 쪽으로 붙어 들어갔다.

그러자 레오나르도 마틴이 움찔 놀라며 몸을 빼냈다. 투 스트라이크라는 여유 속에 박건호가 위협구성 유인구를 던졌다고 판단한 것이다.

그러나 마지막 순간에 바깥쪽으로 휘어지듯 떨어진 공은 그대로 스트라이크존을 통과한 뒤 오스틴 번의 미트 속에 파묻혔다.

"스트라이크, 아웃!"

구심이 기다렸다는 듯이 오른팔을 들어 올렸다.

"젠장. 커터라니."

레오나르도 마틴이 입술을 깨물며 더그아웃으로 몸을 돌렸다.

그사이 대기 타석에 서 있던 2번 타자 기에르모 에레라가 오른쪽 타석에 들어왔다.

"이 녀석은 어떻게 나오나 볼까?"

오스틴 번은 초구에 바깥쪽을 아슬아슬하게 파고드는 포심 패스트볼을 요구했다. 타자의 노림수를 파악하는 데 있어 이

만큼 효율적인 코스는 없었다.

박건호는 가볍게 고개를 끄덕였다. 그리고 오스틴 번의 미트를 향해 힘껏 공을 내던졌다.

후앗!

박건호의 손끝에서 새하얀 공이 빠져나가자 기에르모 에레라는 반사적으로 방망이를 내돌렸다.

볼카운트 투 스트라이크 이전에 스트라이크존에 들어오는 포심 패스트볼은 적극적으로 공략하는 것. 그것이 오늘 경기에서 매리너스의 모든 타자에게 부여된 공통 미션이었다.

딱!

간결하게 빠져나온 방망이 끝으로 묵직한 울림이 전해졌다.

"후우……."

완전히 빗맞아버린 타구를 쳐다보지도 않은 채 기에르모 에레라가 길게 숨을 골랐다.

공교롭게도 기에르모 에레라의 표정이 초구를 건드렸던 레오나르도 마틴만큼이나 자신만만하게 변해 있었다.

'이 녀석들 뭐 하자는 거야? 설마 이런 식으로 건을 괴롭힐 수 있다고 믿는 거야? 진심으로?'

오스틴 번은 그저 헛웃음만 났다. 사이영 상이 유력한 박건호의 기세를 정말 꺾을 생각이라면 전력을 다해 부딪쳐야 했다. 이런 식으로 투구 수를 늘려보려 한들 달라지는 건 아무것도 없었다.

'어디, 자신 있으면 이것도 한번 쳐 봐라.'

오스틴 번은 2구째 몸 쪽 커터 사인을 냈다.

박건호는 망설이지 않고 있는 힘껏 공을 내던졌다.

후앗!

박건호의 손끝을 빠져나간 공이 거의 한복판으로 날아들었다.

순간 기에르모 에레라가 눈을 반짝였다.

'실투다!'

포심 패스트볼에 타이밍을 맞추고 있었던 기에르모 에레라는 그대로 허리를 내돌렸다. 그러면서 머릿속으로 팀의 첫 안타를 때려내는 야무진 상상을 했다.

그러나 마지막 순간에 기에르모 에레라의 몸 쪽을 날카롭게 파고든 공은 방망이 중심이 아니라 손잡이 쪽과 강하게 부딪쳤다.

빠각!

둔탁한 소리와 함께 기에르모 에레라의 방망이가 두 동강이 났다.

그리고 타구는.

탁. 타닥.

힘을 잃은 채 박건호의 앞으로 데굴데굴 굴러갔다.

타구를 집어 든 박건호가 여유롭게 1루로 공을 던졌다.

"아웃!"

1루심이 가볍게 주먹을 들어 올렸다.

그렇게 두 번째 아웃 카운트가 만들어졌다.

—건! 기에르모 에레라를 투수 앞 땅볼로 잡아냅니다.

—방금 전 공은 몸 쪽 커터 같았는데요.

—확실히 커터가 맞네요. 시즌 때 봤던 것보다 훨씬 날카롭게 느껴집니다.

—제 생각도 같습니다. 마치 오늘 경기를 위해서 커터를 아껴둔 것 같은 느낌마저 드네요.

—이렇게 되면 매리너스 타자들의 머릿속이 복잡해질 수밖에 없을 것 같습니다.

—뭔가 대책을 마련해야 할 것 같은데요.

콕스 TV 중계진의 말이 떨어지기가 무섭게 팀 보거트 벤치코치가 3번 타자 로빈슨 카누를 더그아웃 쪽으로 불러들였다.

"로빈슨, 봤어?"

"저 녀석, 대체 뭘 던진 거예요? 제 눈에는 포심 패스트볼처럼 보였는데요."

"기에르모 말로는 커터 같다던데."

"커터요? 저 녀석이 커터도 던졌나요?"

"자주 던지진 않았지만 가끔씩 던지긴 했어. 하지만 저 정도로 날카로울 줄은 몰랐다고."

"하아, 갑자기 커터라니. 괜히 짜증이 나는데요."

로빈슨 카누가 눈매를 일그러뜨렸다. 100mile/h을 넘나드는 박건호의 포심 패스트볼을 노리는 것도 벅찬데 이제는 커터까지 신경 써야 하다니.

이렇게 된 거 차라리 자신의 스타일대로 타격에 임하고 싶은 심정이었다.

그러나 팀 보거트 코치는 작전을 잊어서는 안 된다며 신신당부를 했다.

"지금 건의 투구 수는 고작 5개야. 무슨 소리인지 알고 있지?"

"후우……. 최대한 골라 볼게요."

"그래, 로빈슨. 저 녀석도 너한테는 함부로 공을 던지지 못할 거야. 분명 유인구를 섞어서 던질 테니까 현혹되지 말라고."

"걱정 말아요, 코치."

로빈슨 카누가 제법 결연한 목소리로 말했다. 최고참 타자이자 중심 타자로서 로빈슨 카누는 자신이 해야 할 일을 누구보다 잘 알고 있었다.

다저스의 선발 박건호는 내셔널 리그 사이영 상이 유력한 선수였다. 게다가 경기 초반에 분위기를 타면 감당하기 어려운 유형의 투수였다.

박건호가 매리너스의 까다로운 테이블 세터를 상대하며 던진 공은 고작 5개.

만약 로빈슨 카누의 타석에서 이닝이 끝나 버린다면 박건호는 10개 전후의 공만 던지고 여유롭게 마운드를 내려갈 게 뻔했다.

경기 전 매리너스 더그아웃은 박건호를 7회 이전에 강판시키겠다는 계획을 세웠다. 적어도 8회 이후로 박건호를 보지 않아야 경기를 쫓아가거나 뒤집을 수 있다고 판단했다.

계획대로 박건호를 7회 이전에 강판시키기 위해서는 이닝당 최소 15개 이상의 공을 던지게 만들어야 했다.

월드시리즈 스케줄상 박건호의 다음 등판은 사흘 후 5차전이 될 터. 박건호의 투구 수가 100구가 넘어간다면 다저스 벤치도 투수 교체를 고민하게 될 것이라고 계산한 것이다.

이닝당 15구 중 박건호가 던진 공은 고작 5개.

남은 공은 10구.

제아무리 로빈슨 카누라 하더라도 한 타석에서 제구와 구위를 겸비한 투수의 공을 10개나 보는 건 불가능한 일이었다.

하지만 한 명의 타자가 아니라 두 명의 타자라면 충분히 가능했다.

그리고 그 가능성을 위해 로빈슨 카누는 천천히 타석에 들어섰다.

'어떻게든 카인 시거까지 연결시켜 줘야 해.'

로빈슨 카누는 안타보다 출루에 목적을 뒀다. 볼카운트 싸움에서 밀리지 않는다면 최소 4~5개의 공을 지켜본 다음에 1루로 걸어 나갈 수 있을 것이라고 생각했다.

'일단…… 초구는 지켜보자.'

로빈슨 카누가 방망이를 단단히 움켜 들었다.

그 순간.

후앗!

박건호의 손끝을 빠져나간 공이 곧장 로빈슨 카누의 몸 쪽으로 파고들었다.

'높아!'

로빈슨 카누는 반사적으로 움직이려던 몸을 애써 억눌렀다. 그리고 그대로 공을 흘려보냈다.

퍼엉!

묵직한 포구 소리와 함께 오스틴 번이 가볍게 고개를 끄덕였다. 비록 볼이 되긴 했지만 로빈슨 카누가 초인적인 인내심을 발휘하도록 만들 만큼 좋은 코스의 공이었다.

한 가지 아쉬운 점이 있다면 박건호의 공이 종종 높게 제구된다는 점이었다.

"건, 진정해. 이제 고작 1회라고."

컵스와의 챔피언십 시리즈 5차전이 끝난 이후 박건호는 5일의 휴식일을 가졌다. 그리고 6일 만에 마운드에 올랐다. 그래서인지 박건호의 구위는 나무랄 데가 없었다.

100mile/h 이상의 구속에 날카로운 제구, 거기에 두둑한 배짱까지.

오늘 박건호를 상대로 노림수를 갖기란 쉽지 않아 보였다.

하지만 그렇다고 해서 힘 있는 중심 타자를 상대로 안이한 승부를 펼칠 수는 없는 노릇이었다.

"자, 2구째는 여기로."

오스틴 번이 분주하게 손가락을 움직였다. 그리고 바깥쪽으로 미트를 빼냈다.

미트의 위치만 보자면 스트라이크와 볼의 경계선상에 놓여 있었다. 정말로 저 코스로 공을 집어넣는다면 구심이 판정을 내리기까지 제법 고민을 해야 할 것 같았다.

그러나 박건호는 망설이지 않고 곧바로 투구판을 박차고 앞으로 나갔다.

후앗!

박건호의 손끝을 빠져나간 공이 한복판을 지나 바깥쪽으로 도망치듯 움직였다.

그러자 로빈슨 카누가 이 공만큼은 놓치지 않겠다며 빠르게 방망이를 내돌렸다.

따악!

방망이와 공이 한 점에서 무섭게 격돌했다.

하지만 애석하게도 타구는 그대로 백네트 뒤쪽으로 넘어가고 말았다.

—아, 로빈슨 카누. 좋은 공을 놓치고 맙니다.

—방망이는 잘 빠져나왔는데 타이밍이 조금 아쉬웠네요.

—특별히 스윙이 늦었다고는 생각되지 않는데요.

—그렇다면 건의 공이 로빈슨 카누의 생각보다 더 빨랐다고 봐야겠죠.

—전광판에 찍힌 구속은 102mile/h(≒164.2km/h)입니다.

—시애틀 언론들은 건이 지난 컵스와의 1차전 때처럼 컨디션 난조를 보이길 기대했던 모양인데 지금까지의 투구만 놓고 보자면 그런 일은 일어나지 않을 것 같습니다.

—건, 오스틴 번과 사인을 주고받고 있습니다.

—투 스트라이크 노 볼인데요. 과연 여기서 승부를 걸지 지켜봐야겠습니다.

콕스 TV 중계진의 멘트를 끝으로 중계 카메라가 마운드를 비췄다.

그 순간 박건호가 힘차게 투구판을 박차고 앞으로 나갔다.

후앗!

박건호의 손끝을 빠져나간 공이 로빈슨 카누의 몸 쪽으로 바짝 붙어 들어왔다. 눈을 부릅뜨고 공을 지켜보던 로빈슨 카누가 기겁하며 엉덩이를 뒤로 뺄 정도였다.

하지만 로빈슨 카누의 몸에 맞을 것처럼 날아들던 공은 마지막 순간에 홈 플레이트 쪽으로 방향을 꺾었다.

'커터!'

로빈슨 카누가 구종을 알아챘을 때는 이미 공이 홈 플레이트를 스쳐 지난 뒤였다.

퍼엉!

묵직한 포구 소리가 귓가에 울려 퍼졌다.

동시에 로빈슨 카누가 와락 얼굴을 일그러뜨렸다.

'젠장할!'

로빈슨 카누는 튀어나오려는 욕지거리를 억지로 되삼켰다. 구심의 판정이 나오기도 전에 짜증을 냈다가 괜히 불이익이 생길지도 모른다고 여겼다.

대신 로빈슨 카누는 아무렇지도 않은 얼굴로 타석에서 한 발 물러났다. 마치 볼인 것처럼 말이다.

그 모습에 오른팔을 들어 올리려던 구심이 잠시 고심에 빠졌다. 그러더니 이내 오른팔을 제자리로 가져다 놓았다.

"스트라이크 아니에요?"

오스틴 번이 고개를 살짝 돌려 물었다.

"조금 깊었잖아."

구심이 애써 변명을 늘어놓았다.

"이상하다. 들어온 거 같은데."

오스틴 번이 나직이 중얼거렸다.

하지만 대놓고 불만을 늘어놓지는 않았다. 기계가 아닌 인간이 판정을 내다 보면 오심은 나올 수밖에 없었다.

"건, 나이스 볼!"

오스틴 번은 아무 일도 없었다는 것처럼 구심에게서 새 공을 받아 박건호에게 던져 주었다.

박건호도 공이 살짝 빠진 것 같다는 제스처를 취하며 볼 판정을 자신의 탓으로 돌렸다.

"후우……."

구심의 입에서 기다란 한숨이 흘러나왔다. 차라리 짜증을 냈다면 좋으련만 자신의 판정을 존중하는 박건호와 오스틴 번을 보고 있자니 괜히 미안한 마음마저 들었다.

'더 시간을 끌었다간 보상 판정이 나오겠어.'

다시 타석에 들어선 로빈슨 카누가 단단히 방망이를 움켜쥐었다.

박건호의 어처구니없는 공이 스트라이크로 돌변하기 전에

스트라이크존을 최대한 넓게 그리고 칠 만한 공은 공격적으로 방망이를 내돌려야 할 것 같았다.

그 와중에도 스캇 서바이브 감독의 지시를 받은 매니 아즈 3루 코치는 공을 잘 지켜보라는 수신호를 냈다.

'이 상황에서 정말 건이 유인구를 던질 거라고 생각하는 건 아니겠죠?'

로빈슨 카누는 매니 아즈 코치의 사인을 깨끗이 잊어버렸다. 아쉽게 삼진을 놓친 상황에서 박건호가 승부를 피해 도망치지는 않을 거라 여겼다.

그러나 오스틴 번이 4구째 요구한 공은 로빈슨 카누의 머릿속에는 없던 구종이었다.

'커브라.'

사인을 확인한 박건호는 망설이지 않고 빠르게 공을 내던졌다. 포심 패스트볼과 커터가 좋다고 해서 완급 조절을 포기할 생각은 전혀 없었다.

후앗!

박건호의 손끝을 빠져나간 공이 큰 포물선을 그리며 바깥쪽으로 날아들었다.

"크아아악!"

포심 패스트볼 타이밍에 스텝을 내디뎠던 로빈슨 카누가 어떻게든 걷어내겠다며 방망이를 쭉 내밀어 봤지만 소용없었다.

퍼억!

스윙 궤적을 아슬아슬하게 피한 공은 그대로 오스틴 번의 미트 속에 틀어박혔다.

"스트라이크, 아웃!"

구심이 요란한 동작과 함께 삼진을 선언했다. 그렇게 매리너스의 1회 초 공격이 허무하게 끝나 버렸다.

—건! 로빈슨 카누를 잡아내고 1회를 삼진 세 개로 마무리합니다.

—정말 압도적인 피칭이네요. 매리너스 타자들이 꼼짝도 하지 못했습니다.

—로빈슨 카누를 잡아낸 바깥쪽 커브도 인상적이었는데요.

—작년까지만 해도 건의 커브는 주로 우타자 바깥쪽으로 로케이션 됐습니다. 우타자 기준으로 백도어성 움직임을 보이면서 볼카운트를 유리하게 끌고 가는 데 큰 도움이 됐죠. 하지만 올해, 포심 패스트볼의 구속과 구위가 급상승하면서 커브가 조금 더 다양하게 활용되고 있습니다.

—방금 공도 로빈슨 카누가 그냥 내버려 뒀다면 볼이 됐을 텐데요.

—만약 작년이었다면 로빈슨 카누는 절대 저 공을 건드리지

않았을 겁니다.

–작년에는 저런 식의 유인구를 거의 던지지 않았죠.

–그런 이유도 있겠지만 95mile/h(≒152.9㎞/h) 전후로 형성됐던 건의 포심 패스트볼은 언제든지 공략이 가능했으니까요. 하지만 평균 구속이 100mile/h(≒160.9㎞/h)을 넘나드는 올해는 사정이 달라졌습니다. 건의 포심 패스트볼을 때려내야 한다는 부담감 때문에 자꾸 건드리지 말아야 할 공에 방망이가 나가고 있죠.

–커브 다음에는 보나 마나 포심 패스트볼일 테니 노리는 공이 아니었다 하더라도 일단 공략하고 본다는 이야기로군요.

–바로 그렇습니다. 솔직히 말해 포심 패스트볼처럼 타자들이 치기 쉬운 구종은 없습니다만 그건 어디까지나 평균 수준의 구속과 무브먼트를 보이는 포심 패스트볼일 때의 이야기입니다. 건처럼 수준급, 아니, 리그에서도 손꼽히는 포심 패스트볼을 던지는 투수를 상대해야 한다면 타자들은 차라리 변화구가 하나 들어와 주길 바랄지도 모르죠.

콕스 TV 중계진이 로빈슨 카누의 삼진 장면에 빠진 사이 공수가 교대됐다. 박건호가 내려간 마운드 위에는 매리너스의 선발 투수 제임스 피스톤이 올라왔다.

매리너스의 유망주로 2013년 메이저리그에 데뷔한 제임스 피스톤은 2016년 121이닝(6승 7패, 평균 자책점 3.79)을 소화하며 선발 로테이션에 합류했다.

그리고 작년에 10승(11패, 평균 자책점 3.88)을 기록하며 아리엘 미란다와 함께 매리너스 선발진을 이끌 좌완 투수로 기대를 모았다.

하지만 올 시즌 성적은 생각만큼 좋지가 않았다.

9승 8패, 평균 자책점 4.05.

2년 연속 10승 달성에 실패했고 3점대 후반을 유지하던 평균 자책점도 4점을 넘어섰다. 와일드카드 경쟁이 치열한 상황 속에서도 스캇 서바이브 감독이 별도의 등판 일정까지 짜주었지만 성적은 크게 나아지지 않았다.

그 결과 제임스 피스톤은 포스트시즌 선발 로테이션에서 탈락했다. 선발진이 약해 4선발 체제로 가야 했다면 제임스 피스톤에게까지 기회가 찾아갔겠지만 매리너스는 180이닝을 소화해 낸 투수를 세 명이나 보유하고 있었다.

제임스 피스톤도 포스트시즌 선발 탈락을 담담하게 받아들였다. 시즌 내내 컨디션이 좋지 않았던 터라 포스트시즌에서까지 무리하고 싶지는 않았던 것이다.

그때까지만 해도 시애틀 언론은 매리너스가 챔피언십 시리즈의 벽을 넘지 못할 것이라고 전망했다.

와일드카드 결정전에서 이길 가능성은 반반이었지만 디비

전 시리즈에서 아메리칸 리그 승률 1위인 레드삭스를 꺾기란 결코 쉽지 않아 보였다.

제임스 피스톤 역시 잘해야 디비전 시리즈가 한계일 것이라고 생각했다.

아메리칸 리그에서 손꼽히는 화력을 자랑하는 레드삭스를 상대로 괜히 선발 마운드에 올랐다가 난타를 당하느니 불펜에 머물면서 제한된 역할을 수행하는 편이 낫다고 생각했다.

그러나 매리너스가 월드시리즈에 오르면서 모든 게 달라졌다.

포스트시즌에서 맹활약한 선수들은 벌써부터 내년 시즌을 따뜻하게 보낼 거란 전망들이 쏟아졌다.

반면 포스트시즌에 4경기에 출전해 5이닝 3실점, 평균 자책점 5.40이라는 형편없는 성적을 낸 제임스 피스톤에 대해서는 부정적인 전망들이 줄을 이었다.

내년 시즌 선발 자리는 지키겠지만 장기 계약은 물론이고 내후년에 FA 자격을 취득하더라도 대박을 치긴 어려울 것이라는 예상들이 대부분이었다.

"제임스 피스톤 같은 유형의 투수들은 시즌 성적만으로 큰 돈을 만지기가 쉽지 않을 겁니다."

"많이 좋아졌다곤 하지만 일단 제구가 불안하죠. 평균 자책점도 높고 투구 폼 자체가 지나치게 터프하니 부상에 대한 위험성도 큽니다. 이닝 이터라면 또 모르겠지만 한 시즌에 잘해야 10승 정도와 150이닝 정도를 소화해 줄 투수에게 1억 달러 이상을 안겨줄 구단은 없겠죠.”

“하지만 포스트시즌에서 강하다면 또 모르죠. 포스트시즌에서 인상적인 피칭을 선보인다면 좌완 선발 자원을 필요로 하던 강팀들의 눈에 들 가능성도 충분합니다.”

전문가들은 오늘 경기 결과에 따라 제임스 피스톤의 미래가 달라질 것이라고 입을 모았다.

제임스 피스톤이 월드시리즈에서 두 번째 선발 등판 기회를 가질 가능성은 없었다.

펠리스 에르난데스-오타니 쇼헤-이와쿠마 하사시로 이어지는 매리너스의 선발진은 아메리칸 리그 최고로 꼽혔다.

만약 오늘 경기에서 어느 한 명이라도 등판시킬 수 있었다면 제임스 피스톤이 선발 마운드에 오르는 일 따위는 일어나지 않았을 것이다.

게다가 대전 상대도 좋지 않았다.

내셔널 리그 사이영 상이 유력한 2018년 메이저리그 최고의 투수.

박건호라면 시즌 중 가장 좋았던 경기력을 선보인다 하더라도 본전을 찾기조차 어려워 보였다.

그러나 전문가들은 포스트시즌에서 종종 일어나는, 만에

하나 있을까 말까 한 기적에 관심을 가졌다.

만에 하나 제임스 피스톤이 박건호와 명품 투수전을 선보인다면 2차전의 승부는 예측하기 어려워질지 모른다며 여운을 남겼다.

그런 전문가들의 말처럼 제임스 피스톤은 월드시리즈 2차전의 주인공이 되고 싶었다. 순식간에 메이저리그 최고의 좌완 투수 반열에 합류한 박건호를 꺾고 매리너스 팬들의 뇌리에 영원히 기억될 만한 선수가 되길 꿈꿨다.

"누구든 덤벼보라고. 전부 삼진으로 잡아줄 테니까."

타석에 올라온 1번 타자 작 피터슨을 바라보며 제임스 피스톤이 한껏 입가를 비틀어 올렸다.

박건호만큼은 아니지만 제임스 피스톤도 포심 패스트볼에는 자신이 있었다. 올해 한창 좋았을 때는 최고 구속으로 99mile/h(≒159.3㎞/h)를 찍기도 했다.

전문가들은 박건호의 포심 패스트볼과 제임스 피스톤의 포심 패스트볼은 질적으로 다르다고 말했지만 제임스 피스톤은 그렇게 생각하지 않았다.

박건호의 포심 패스트볼이 자신의 포심 패스트볼보다 나은 건 3mile/h 정도 더 빠른 구속뿐이라고 여겼다. 그리고 그 구속은 자신감과 로케이션으로 얼마든지 따라 잡을 수 있다고 착각했다.

“자, 어서 포심 사인을 주라고.”

자신만만한 얼굴로 투구판을 밟으며 제임스 피스톤이 포수 마이클 주니노를 바라봤다.

그러자 잠시 고심하던 마이클 주니노가 조심스럽게 손가락을 움직였다.

마이클 주니노가 먼저 손가락 하나를 펼치자 제임스 피스톤이 그럴 줄 알았다며 씩 웃어 보였다.

하지만 그것도 잠시. 마이클 주니노의 이어지는 수신호에 제임스 피스톤의 얼굴이 순식간에 굳어졌다.

초구 사인은 바깥쪽으로 빠져나가는 포심 패스트볼.

공 하나 정도를 빼서 작 피터슨의 노림수를 파악하자는 주문이었다.

“지금 제정신인 거야?”

제임스 피스톤이 신경질적으로 투구판에서 발을 빼냈다.

1회 제구가 좋지 않은 건 사실이지만 그렇다고 해서 초구부터 볼을 던지고 싶은 마음은 추호도 없었다.

“또 왜 저러는 거야?”

마이클 주니노도 미간을 찌푸리며 자리에서 일어났다. 그리고 슬쩍 더그아웃 쪽을 바라봤다.

스캇 서바이브 감독의 표정은 굳어 있었다. 정규 시즌도 아니고 월드시리즈 2차전에서 선발 투수와 포수가 초구조차 던지지 못하고 신경전이나 벌이고 있으니 기분이 좋을 리 만무했다.

마이클 주니노의 시선이 스캇 서바이브 감독을 지나 팀 보거트 벤치 코치에게 향했다.

팀 보거트 코치는 괜찮다고 하면서도 가급적이면 제임스 피스톤에 맞춰서 리드하라고 지시했다.

"후우……. 어쩔 수 없지."

다시 포수석에 주저앉은 마이클 주니노가 몸 쪽 포심 패스트볼 사인을 냈다.

"그래, 진즉 그래야지."

제임스 피스톤이 씩 웃으며 고개를 끄덕였다. 그리고 작 피터슨의 몸 쪽을 향해 힘차게 공을 던졌다.

아니, 몸 쪽을 향해 던졌다고 생각했다.

하지만 정작 공은 몸 쪽이 아니라 한복판으로 몰려 날아들었다.

그리고 그 공을.

따악!

작 피터슨이 망설이지 않고 잡아당겼다.

-작 피터슨. 제대로 받아쳤습니다! 좌익수와 중견수 사이

를 완전히 갈라 버렸는데요.

–매리너스, 중계 플레이를 확실히 해야 합니다. 자칫 잘못하면 작 피터슨이 3루까지 파고들지도 모릅니다.

–작 피터슨! 벌써 1루를 돌고 2루로 달리고 있는데요. 아아! 크리스 우드 3루 코치! 돌립니다!

–이거 승부가 될 거 같은데요?

–작 피터슨! 작 피터스으으으은! 세이프! 세잎입니다!

–작 피터슨이 간발의 차이로 먼저 들어갔네요. 헤드 퍼스트 슬라이딩을 한 게 주효했습니다.

콕스 TV 중계진은 리드오프로서 팀의 첫 득점을 위해 몸을 사리지 않는 작 피터슨의 플레이에 감탄을 금치 못했다.

"작! 잘했어!"

박건호도 손에 든 이온 음료가 넘쳐흐르는 줄도 모르고 작 피터슨을 향해 열심히 주먹을 휘둘렀다.

"좋았어!"

모렐 허샤이저 감독도 모처럼 입가에 미소를 그렸다. 땅볼이나 큼지막한 플라이 하나면 안타 없이도 3루 주자를 홈으로 불러들일 수 있으니 벌써부터 한 점을 얻은 것 같은 기분마저 들었다.

하지만 무사 만루 상황을 허무하게 날려 버릴 수도 있는 게 야구였다. 그리고 기회를 살리지 못하면 곧바로 위기가 찾아오는 게 야구였다.

"어떻게 하시겠습니까?"

매리너스의 멜 스코틀마이어 투수 코치가 마운드에 오르자 밥 그린 벤치 코치가 모렐 허사이저 감독 옆으로 다가가 물었다.

오늘 다저스의 2번 타자는 마이클 리드였다. 1차전에서는 찬스에 강한 저스트 터너를 2번 타순에 전진배치 했지만 2차전에서는 다시 시즌 중의 타순으로 재조정이 된 상황이었다.

올 시즌 마이클 리드의 성적은 준수한 편이었다.

타율 0.282, 출루율 0.359, 장타율 0.380, OPS 0.739.

장타율이 조금 아쉽긴 했지만 안승혁만 없었더라도 내셔널리그 신인왕에 도전해 볼 만한 성적이었다.

그러나 포스트시즌에서의 성적은 그리 좋지 않았다.

타율 0.205, 출루율 0.261.

장타율을 떠나 테이블 세터로서 이렇다 할 활약을 펼치지 못하고 있었다.

"작전을 걸자는 말입니까?"

모렐 허샤이저 감독이 밥 그린 코치를 바라봤다.

"오늘 건의 컨디션이라면 이번 이닝에서 한 점만 뽑아줘도 충분할 겁니다."

밥 그린 코치가 가볍게 고개를 끄덕였다.

"흠……."

모렐 허샤이저 감독이 잠시 고심에 빠졌다.

확실히 마이클 리드에게 맡기기에는 위험부담이 커 보였다.

만에 하나 마이클 리드가 아웃 카운트만 늘린다면 무사 3루의 기회는 1사 3루로 변한다.

그리고 코일 시거는 투 아웃이 되기 전에 어떻게든 점수를 뽑아내야 한다는 부담감을 가지고 타석에 들어서게 될 것이다.

코일 시거마저 아웃이 되면 2사 이후에 4번 타자 에이든 곤잘레스에게 찬스가 걸린다.

매리너스 배터리가 노련한 에이드 곤잘레스와 정면승부를 펼치지는 않을 터. 십중팔구 5번 타자인 안승혁을 선택할 게 뻔했다.

무사 3루의 기회가 안승혁에게까지 간다면 득점에 실패할 가능성은 그만큼 높아질 수밖에 없었다.

안승혁이 신인왕급 활약을 펼쳤다곤 하지만 생애 첫 월드시리즈에서 단 한 번도 상대해 본 적이 없는 투수의 공을 때려 적시타를 만들어낼 가능성은 그다지 높아 보이지 않았다.

"작전을 겁시다."

멜 스코틀마이어 코치가 마운드를 내려가자 모렐 허샤이저 감독도 결단을 내렸다.

“히트 앤 런으로 할까요?”

“아뇨, 스퀴즈로 가죠.”

“스퀴즈를요?”

“오히려 그편이 나을 것 같습니다.”

“그렇다면…… 알겠습니다.”

모렐 허샤이저 감독을 대신해 밥 그린 코치가 사인을 냈다.

그러자 마이클 리드와 작 피터슨의 표정이 동시에 변했다.

‘작전이 나왔군. 확실해.’

마이클 주니노는 기습 번트보다는 히트 앤드 런일 가능성이 높다고 여겼다. 작 피터슨의 빠른 발이라면 느린 땅볼로도 충분히 홈을 파고들 터. 무리해서 스퀴즈 작전을 걸 이유가 없다고 판단했다.

‘일단 바깥쪽으로 하나를 빼보자.’

마이클 주니노는 또다시 바깥쪽으로 빠지는 포심 패스트볼을 요구했다. 예상대로 작전이 걸렸다면 마이클 리드와 작 피터슨이 반응을 보일 것이라고 생각했다.

그러나 제임스 피스톤은 이번에도 고개를 저었다.

“젠장할. 왜 자꾸 볼을 던지라는 거야. 짜증 나게.”

제임스 피스톤은 생에 마지막 월드시리즈 선발 등판이 될

지도 모를 오늘 경기에서 최대한 긴 이닝을 소화하고 싶었다. 투구 수 제한에 걸려 일찍 강판당하고 싶은 생각은 추호도 없었다.

올 시즌 제임스 피스톤의 이닝당 투구 수는 16.3구. 6이닝 기준으로 98구였다. 한계 투구 수를 100구로 잡고 목표인 7이닝을 소화하기 위해서는 이닝당 14.3구로 투구 수를 줄여야 했다.

작 피터슨에게 3루타를 허용하며 공 하나를 던졌으니 남은 공은 13구.

아웃 카운트 하나당 던질 수 있는 공은 4.3구.

그렇다면 불필요한 유인구는 최대한 자제하고 공격적인 피칭을 펼쳐야 했다.

마이클 주니노의 요구대로 스트라이크와 볼의 경계선상에 공을 집어넣었다간 5회가 지나기도 전에 100구를 넘길지 몰랐다.

"후우……."

길게 숨을 내쉬며 제임스 피스톤이 고개를 저었다. 마이클 주니노가 재차 바깥쪽 포심 패스트볼을 요구했지만 제임스 피스톤도 고집을 꺾지 않았다.

"젠장할. 저 녀석, 대체 무슨 생각인 거야?"

마이클 주니노는 질근 입술을 깨물었다. 마음 같아선 마운드에 올라가고 싶었지만 멜 스코틀마이어 코치가 3분 가까이 시간을 써버린 터라 더 이상 시간을 끌 수가 없었다.

"좋아. 어디 네 마음대로 해보라고."

마이클 주니노가 마지못해 사인을 바꿨다.

구종은 포심 패스트볼.

코스는 몸 쪽.

조금만 몰려도 장타로 이어질 수 있는 공이었지만 제임스 피스톤은 기다렸다는 듯이 고개를 끄덕였다.

"그래, 그래야지."

제임스 피스톤이 단단히 투구판을 밟았다. 그리고 마이클 주니노의 미트를 향해 다시 힘껏 공을 내던졌다.

후앗!

제임스 피스톤의 손끝을 빠져나간 공이 한복판을 지나 몸 쪽으로 날아들었다.

앞서 작 피터슨에게 불의의 3루타를 허용해서인지 몰라도 이번 공은 제법 제구가 잡혀 있었다.

그러나 재빨리 번트 자세로 돌변한 마이클 리드에게는 특별히 어려울 게 없는 공이었다. 몸 쪽으로 확 붙어 들어온다면 또 모르겠지만 정직하게 스트라이크존을 파고드는 공이라면 오히려 편하게 번트를 댈 수 있었다.

딱.

마이클 리드가 투수와 3루수 사이로 절묘하게 타구를 굴려냈다. 그사이 3루 주자 작 피터슨이 홈으로 내달렸다.

"젠자아앙!"

투구 후 3루 쪽으로 몸이 무너졌던 제임스 피스톤은 그대로 팔을 뻗어 타구를 건지려 했다. 타구가 빠져 나가는 것만 막아내면 홈에서 충분히 승부가 될 것이라고 판단했다.

하지만 균형을 잃은 상태에서 지면에 낮게 깔려 움직이는 타구를 잡아내기란 결코 쉬운 일이 아니었다.

"크으윽!"

무리한 동작을 취했던 제임스 피스톤은 결국 앞으로 고꾸라졌다. 그 바람에 타구를 향해 달려들던 3루수 카인 시거까지 제임스 피스톤에 걸려 넘어지고 말았다.

그사이 3루 주자 작 피터슨은 여유롭게 홈을 밟았다. 그리고 스퀴즈를 성공시킨 마이클 리드는 1루를 지나 2루까지 내달리며 또다시 득점 기회를 만들어냈다.

–마이클 리드! 환상적인 스퀴즈 번트로 다저스의 선취점을 이끌어냅니다.

–이건 완전히 허를 찔렸는데요. 모렐 허샤이저 감독. 홈 2연전을 쓸어 담겠다는 의지를 확실히 드러냈습니다.

–제임스 피스톤이 너무 욕심을 부린 느낌인데요. 저 타구

는 3루수 카인 시거에게 맡기는 게 어땠을까 하는 생각이 듭니다.

–당연히 3루수에게 맡겼어야죠. 그랬다면 마이클 리드가 2루까지 들어가는 일은 없었을 겁니다.

–리플레이 화면이 나오고 있는데요.

–보시면 아시겠지만 공은 몸 쪽으로 잘 파고들었습니다. 다만 공의 움직임이 너무 정직했어요. 마이클 리드를 조금도 곤란하게 만들지 못했습니다.

–마이클 리드도 정석에 가깝게 번트를 댔는데요. 벤치에서 작전이 나온 것이겠죠?

–포스트시즌에서 마이클 리드의 타격감이 좋지 않았으니까요. 이렇게라도 해서 제 몫을 해내는 편이 낫다는 생각이 듭니다.

콕스 TV 중계진이 들뜬 사이 타석에 3번 타자 코일 시거가 들어섰다.

"가볍게 하나만 때리자."

코일 시거는 안타에 대한 욕심을 버렸다. 순식간에 경기 분위기가 다저스 쪽으로 기운 만큼 무리할 필요는 없다고 생각했다.

반면 연달아 안타를 허용한 제임스 피스톤은 잔뜩 약이 올라 있었다.

"이렇게 된 거 전부 삼진으로 잡아버릴 테다!"

마이클 주니노가 침착하라는 신호를 보냈지만 제임스 피스톤은 말을 듣지 않았다. 어떻게든 힘으로 다저스의 중심 타선을 이겨내겠다며 마이클 주니노의 사인도 무시하고 공을 내던졌다.

덕분에 코일 시거는 풀카운트 접전 끝에 사사구로 출루해 1루를 채웠다.

뒤이어 타석에 들어선 4번 타자 에이든 곤잘레스는.

"으악!"

3구째 몸 쪽을 파고든 포심 패스트볼에 허벅지를 얻어맞고 1루로 걸어 나갔다.

—다저스, 무사 만루의 기회를 잡습니다.

—매리너스 벤치, 다급히 아리엘 미린다를 대기시키는데요.

—아리엘 미린다가 마운드에 오르려면 적어도 5분 정도는 걸릴 겁니다.

—제임스 피스톤이 안까지는 책임져야 할 것 같은데요.

—안, 시즌 때처럼 건이 등판하는 경기에서 좋은 활약을 이어갈 수 있을지 기대해 보겠습니다.

32장
월드시리즈(2)

중계 카메라가 타석을 비췄다.

5번 타순에 배치된 안승혁이 천천히 왼쪽 타석 안으로 걸어 들어왔다.

"후우……."

월드 시리즈 2차전 무사 만루의 선취 득점 기회였다. 찬스에 강하다는 평가를 들어왔던 안승혁이지만 어깨에 힘이 들어가지 않을 수가 없는 상황이었다.

'어차피 이 녀석도 루키야. 그렇다면…….'

마이클 주니노가 대담하게 손가락을 움직였다. 대량 실점의 위기에 몰려 있는 제임스 피스톤에게 까다로운 공을 요구해 봐야 의미가 없을 테니 차라리 지금까지 보여주지 않았던 새로운 구종으로 승부를 보는 게 낫다고 판단한 것이다.

제임스 피스톤의 최대 무기는 좌완 치고 빠른 평균 96mile/h(≒154.5km/h)대의 포심 패스트볼이었다. 구사 비율은 68퍼센트. 거의 10개 중 7개는 포심 패스트볼이 날아온다는 이야기였다.

하지만 그렇다고 해서 제임스 피스톤이 포심 패스트볼만 던질 줄 아는 것은 결코 아니었다. 리그 평균 이상의 너클 커브와 리그 평균 수준의 체인지업도 섞어가며 타자들을 상대했다.

지금처럼 타석에 좌타자가 들어선다면 레퍼토리는 조금 더 다양해졌다. 92mile/h(≒148.1km/h)까지 나오는 고속 슬라이더와 무브먼트가 살아 있는 90mile/h(≒144.8km/h)의 커터를 통해 좌타자들의 몸 쪽을 집요하게 파고들었다.

물론 제임스 피스톤을 몇 번 상대해 본 수준급 좌타자들에게 슬라이더와 커터는 특별히 까다로운 구종이 아닐 수도 있었다.

그러나 공교롭게도 안승혁은 월드 시리즈에서 제임스 피스톤을 처음 상대하고 있었다.

마이클 주니노는 그 낯섦을 통해 안승혁에게서 땅볼을 유도해 낼 수 있다고 여겼다.

'몸 쪽으로 바짝 붙이라고. 일단 하나 보여주면서 시작하자.'

마이클 주니노가 미트를 들어 올렸다.

그러자 제임스 피스톤이 묵묵히 고개를 끄덕인 뒤 힘차게 투구판을 박차고 나갔다.

후앗!

세트포지션에서 벗어난 제임스 피스톤의 공이 단숨에 안승혁의 몸 쪽을 찔러 들어왔다.

'빠른 공!'

안승혁은 반사적으로 방망이를 내돌렸다.

하지만 마지막 순간에 날카롭게 휘어져 도망쳐 버린 공은 그대로 마이클 주니노의 미트 속에 빨려 들어가고 말았다.

"제길. 슬라이더인가."

안승혁이 자책하듯 제 헬멧을 툭툭 두드렸다. 가뜩이나 어깨에 짊어진 짐이 많은 상황에서 초구부터 몸 쪽 공이 날아드니 자신도 모르게 덤벼들고 말았다.

'침착하자, 침착해. 속으면 안 돼. 최소한 희생 플라이라도 때려야 한다고.'

애써 마음을 다잡으며 안승혁이 다시 방망이를 들어 올렸다.

그 순간.

후앗!

제임스 피스톤의 공이 바깥쪽으로 도망치듯 날아왔다. 그러고는 안승혁이 방망이를 내밀 틈도 주지 않고 포구음과 함께 사라져 버렸다.

'잡았다!'

공을 단단히 받쳐 들며 마이클 주니노가 씩 웃었다. 건드려서 땅볼이 나왔다면 더 좋았겠지만 볼카운트를 유리하게 끌고 갔다는 것만으로도 충분히 의미가 있는 공이었다.

그런데 한참을 기다려도 구심이 스트라이크를 선언하지 않았다. 마이클 주니노가 고개를 돌려 구심을 바라보기까지 했지만 달라지는 건 아무것도 없었다.

"젠장. 왜 볼인 거야?"

마이클 주니노의 입가에 걸렸던 웃음이 순식간에 사라졌다.

반면 조마조마한 얼굴로 판정을 기다렸던 안승혁은 가슴을 쓸어내렸다.

초구에 이어 2구째도 슬라이더 계열의 공이 들어왔다.

제임스 피스톤의 주 무기인 포심 패스트볼은 아직 단 하나도 보지 못한 상황에서 투 스트라이크에 몰렸다간 최악의 상황으로 치달을 수 있었다.

하지만 다행히도 구심이 볼을 선언하면서 볼카운트는 원 스트라이크 원 볼이 됐다.

'정신 차리자. 투 스트라이크가 되기 전에 때려야 해.'

안승혁은 구심의 보상 판정까지 염두에 두었다. 스트라이크를 줘도 할 말이 없는 공을 볼로 판정했으니 그 반대의 상황이 일어나지 말란 법이 없었다.

'몸 쪽 포심 하나만 던져라. 제발.'

안승혁이 간절한 마음으로 방망이를 들어 올렸다.

그리고 잠시 후.

후앗!

제임스 피스톤의 손끝을 빠져나간 공이 총알처럼 안승혁의 몸 쪽을 파고들었다.

'왔다!'

안승혁은 망설이지 않고 방망이를 내돌렸다. 대기 타석에서 포심 패스트볼 타이밍을 충분히 맞춰놓았으니 분명 방망이 중심에 걸릴 것이라고 확신을 했다.

하지만 정작 공은 안승혁의 예상보다 조금 더 빨리 홈 플레이트 앞에 도착했다. 덕분에 방망이 중심에 맞아야 할 공이 손잡이 부근에 걸리고 말았다.

따악!

방망이를 크게 울린 공이 그대로 1루 쪽 관중석 너머로 사라졌다.

"젠장할!"

안승혁의 입에서 절로 욕지거리가 터져 나왔다. 그토록 노렸던 공이 들어왔는데 타이밍을 놓친 것으로도 모자라 타격

과정에서 방망이까지 깨져 버렸으니 제임스 피스톤에게 완전히 눌린 듯한 기분마저 들었다.

"후우……."

깨진 방망이를 집어 든 채로 안승혁이 더그아웃 쪽으로 다가왔다.

그러자 경기를 지켜보고 있던 박건호가 냉큼 자신의 방망이를 들고 밖으로 나왔다.

"뭐야?"

"뭐긴 뭐야. 내 열정이 담긴 방망이지."

"……뭐?"

"지난번에 가지고 싶어 했잖아. 조금 가볍긴 해도 네 손에 딱 맞는다고. 그러니까 이걸로 치라고."

"그건 그냥 해본 말이고……."

"승혁아, 너 어깨에 힘 너무 들어갔어. 알고 있지?"

박건호의 한마디에 안승혁은 입을 다물었다. 어떻게든 친구에게 도움이 되고자 타석에서 이를 악물고 있는데 정작 당사자인 박건호가 잔소리를 하고 있으니 울컥하고 감정이 치밀어 올랐다.

하지만 박건호도 안승혁을 타박하기 위해 더그아웃 밖까지 나온 건 아니었다.

"나 너 믿는다. 누가 뭐래도 내 팀의 4번 타자는 너야."

"……!"

"그러니까 이걸로 홈런 때려. 알았지?"

"뭐, 뭐야. 갑자기."

갑작스러운 박건호의 고백에 안승혁의 얼굴이 벌게졌다. 언제고 다저스의 에이스가 되어 있을 박건호에게 비슷한 말을 듣고 싶다는 욕심은 있었지만 이런 때에 이런 식으로 들을 줄은 예상하지 못한 얼굴이었다.

그러나 박건호는 빈말로 한 말이 결코 아니었다. 안승혁 못지않게 친하게 지내는 작 피터슨이나 코일 시거에게는 미안한 이야기지만 에이든 곤잘레스의 후계자를 한 명 꼽아야 한다면 안승혁에게 한 표 던지고 싶었다.

그리고 이번 타석을 통해 안승혁이 4번 타자로서의 가능성을 모두에게 인정받길 바랐다.

"참, 4구째는 커브가 들어올 가능성이 높아."

"커브?"

"그래. 기껏 투 스트라이크 잡아 놨으니까. 유인구가 하나 들어올 타이밍이야. 저 녀석들, 겁도 없이 널 삼진 잡을 생각이거든."

투 스트라이크 이후 제임스 피스톤이 포심 패스트볼과 함께 가장 자주 구사하는 공이 바로 너클 커브였다.

하지만 안승혁은 제임스 피스톤의 너클 커브를 단 한 번도 제대로 상대해 본 경험이 없었다.

“커브가 들어올 거 확실해?”

“나라면 너 삼진 잡을 거야. 원 아웃 잡아 놓고 저스트 터너 상대로 땅볼 유도하면 추가 실점 없이 이닝을 끝마칠 수 있을 테니까.”

“커브가 스트라이크로 들어오면?”

“투 스트라이크를 잡았는데 급할 게 뭐가 있다고 그런 짓을 하겠어?”

“하긴.”

“일단 하나만 참아봐. 그리고 5구째 들어오는 포심 패스트볼을 노려서 날려 버리라고.”

박건호가 주먹으로 안승혁의 가슴을 툭 하고 때렸다.

“아파, 이 자식아.”

안승혁이 덩치에 어울리지 않게 앓는 소리를 냈다.

그때였다.

“이봐! 대체 언제까지 그러고 있을 거야?”

박건호와 안승혁의 잡담이 길어지자 구심이 다가와 한마디 했다.

만약 안승혁에게 말을 건 게 박건호가 아니라 다른 선수였다면 경고가 나올 만한 상황이었지만 구심은 가볍게 주의를 주는 것으로 상황을 마무리 지었다.

다저스 스타디움에서 수많은 다저스 팬이 지켜보는 가운데 다저스의 미래라 불리는, 올 시즌 사이영 상이 유력한 박건호에게 고작 시간 좀 끌었다는 이유만으로 경고를 줄 수 있는 강단 있는 구심은 생각만큼 많지 않았다.

"아, 네. 지금 가겠습니다."

안승혁이 냉큼 박건호의 방망이를 들고 타석에 들어섰다. 자신이 사용하던 여분의 방망이는 아니었지만 코일 시거가 선물로 줬다는 고가의 제품답게 박건호의 방망이는 손에 착 감겼다.

"역시 비싼 게 좋아."

안승혁이 슬쩍 입가를 비틀어 올렸다.

그 웃음이 제임스 피스톤의 자존심을 건드렸다.

"건방진 자식, 뭘 웃고 난리야?"

마이클 주니노가 홈 플레이트 앞쪽에서 뚝 떨어지는, 정교한 커브를 요구했지만 흥분한 제임스 피스톤의 커브는 누가 보더라도 볼이라 생각할 만큼 높게 날아들었다.

마이클 주니노가 보상 판정을 기대하며 대놓고 공을 끌어내려 봤지만 구심의 손은 올라가지 않았다.

"후우. 역시 건호 말대로 커브네."

안승혁이 타석에서 한발 물러나 숨을 골랐다. 만에 하나라도 포심 패스트볼이 날아들면 어쩌나 걱정했는데 다행히 한

숨 돌릴 수 있게 됐다.

볼카운트는 투 스트라이크 투 볼.

—안, 다시 한번 힘껏 방망이를 휘두를 기회를 얻게 됐습니다.

—제임스 피스톤, 오늘 제구가 상당히 불안해 보이는데요. 5구째 안을 상대로 유인구를 던질 수 있을까요.

—마이클 주니노는 유인구를 요구할지도 모르죠. 하지만 제임스 피스톤은 쉽게 고개를 끄덕이지 못할 겁니다. 만에 하나 볼이 되면 풀카운트고 그다음에는 밀어내기를 걱정해야 할 테니까요.

콕스 TV 중계진의 예상대로 마이클 주니노는 5구째 바깥쪽으로 도망치는 슬라이더를 요구했다.

설사 볼이 되더라도 안승혁의 시선을 한 번 더 어지럽힌 뒤에 포심 패스트볼로 승부를 보는 편이 낫다고 생각했다.

하지만 제임스 피스톤은 한가롭게 유인구나 던질 기분이 아니었다.

"멍청한 소리 마. 승부할 거야."

제임스 피스톤이 단호하게 고개를 저었다.

마이클 주니노가 구종을 바꿔가며 유인구를 요구했지만 마찬가지였다.

"빌어먹을."

결국 마이클 주니노는 포심 패스트볼 사인을 냈다. 아직 교체할 투수가 준비되지 않은 상황에서 사인 문제로 서로 고집을 피울 수는 없는 노릇이었다.

"좋아. 어디 던져 보라고. 대신 제대로 던져. 한복판이어도 좋으니 이를 악물고 던지라고."

마이클 주니노가 미트를 힘차게 두드렸다. 그러고는 정말로 한복판에 미트를 들어 올렸다.

"너나 똑바로 받아!"

제임스 피스톤은 망설이지 않고 마이클 주니노의 미트를 향해 공을 던졌다.

후앗!

제임스 피스톤의 손끝을 빠져나간 공이 총알처럼 홈플레이트를 향해 날아들었다.

그와 동시에 안승혁도 힘차게 허리를 내돌렸다.

'잡았다!'

공이 날아오는 궤적을 읽으며 마이클 주니노가 입가를 비틀어 올렸다.

제임스 피스톤이 막무가내로 내던진 공이 몇 번이고 사인을 냈던 몸 쪽 낮은 코스로 제대로 들어오고 있었다.

이 공은 때려봐야 파울이었다. 타이밍이 조금만 늦어도 헛스윙이 될 가능성이 높았다.

마이클 주니노는 전자보다는 후자 쪽에 무게를 뒀다. 만에 하나 방망이 끝에 스칠 걸 감안해 미트를 최대한 넓게 벌리고 포구를 준비했다.

그런데.

생각보다 빠르게 허리를 빠져나온 안승혁의 방망이가 홈플레이트 앞쪽에서 제임스 피스톤의 공과 만났다.

그러더니.

따악!

새하얀 공을 하늘 높이 밀어내 버렸다.

“젠장!”

마이클 주니노가 포수 마스크를 벗어 던지며 자리에서 벌떡 일어났다. 그리고 높게 솟구친 공을 똑바로 지켜보았다.

이때까지만 해도 타구가 넘어갈 것이라고는 생각하지 않았다. 타격 소리가 생각만큼 시원시원하게 울리진 않았기 때문이다.

중견수 레오나르도 마틴도 빠르게 담장 근처까지 내달린 뒤 워닝 트랙 앞쪽에서 자리를 잡았다.

그 모습이 어찌나 진지해 보이던지 3루 주자 마이클 리드와 3루 코치 크리스 우드의 얼굴에 긴장감이 감돌 정도였다.

하지만 마지막 순간에 바람을 탄 듯 큼지막한 중견수 플라이에 그칠 것 같았던 타구가 그대로 담장을 넘어가 버렸다.

—안! 아아아아아안!

—넘어갔습니다. 그랜드 슬램! 이번 월드시리즈 첫 번째 만루 홈런이 결정적인 순간에 터져 나옵니다!

콕스 TV 중계진의 환호 속에 안승혁이 당당히 그라운드를 돌았다. 그러고는 두 머리를 감싸 쥐며 더그아웃으로 들어왔다.

"안!"

"이 자식! 이 예쁜 자식!"

"대체 무슨 짓을 한 거야!"

"크아아아! 이리 와! 내가 뜨겁게 키스해 줄 테니까!"

다저스 선수들은 안승혁의 머리와 등을 두드리며 기쁨을 함께했다.

박건호도 그 행렬에 동참해 안승혁의 옆구리를 마음껏 공략했다.

"크윽! 젠장. 누구야? 누가 내 옆구리를 찌른 거야?"

몸부림을 치며 선수들에게서 벗어난 안승혁이 이맛살을 찌푸리며 말했다.

그러자 다저스 선수들이 슬그머니 박건호 쪽을 바라봤다.

"뭐야? 왜 날 보는데? 난 여기 가만히 앉아 있었는데 무슨 소리야?"

박건호가 억울하다며 항변했다.

하지만 안승혁이 나중에 중계방송을 보겠다고 으름장을 놓자 그제야 미안한 듯 가볍게 오른손을 들어 보였다.

"미안. 내 손이 그랬나 보네."

"이리 와. 그 손버릇 좀 고쳐 주게."

"미안해서 어쩌지? 이 손으로 오늘 공을 던져야 하는데 말이야."

"그 손을 계속 달고 다니고 싶다면 오늘 완투 정도는 하는 게 좋을 거다."

"뭐 내 손이 잘못한 일이니 그렇게라도 책임져야지."

박건호와 안승혁이 짓궂은 대화를 나누며 낄낄거리는 사이 다저스의 길고 길었던 1회 말 공격이 끝이 났다.

안승혁의 만루 홈런으로 선발 투수였던 제임스 피스톤은 강판됐다.

제임스 피스톤이 더 던질 수 있다고 항변했지만 마운드에 오른 스캇 서바이브 감독은 일말의 망설임도 없이 제임스 피스톤의 손에서 공을 빼앗아 들었다.

제임스 피스톤에 이어 마운드에 오른 아리엘 미린다는 생각보다 수월하게 세 개의 아웃 카운트를 잡아냈다.

6번 타자 저스트 터너를 상대로 2구째 포심 패스트볼을 몸쪽에 붙여 넣어 유격수 땅볼을 유도했고 7번 타자 엔리 에르난데스는 3구 삼진으로 돌려세웠다.

8번 타자 오스틴 번이 아리엘 미린다의 초구 슬라이더를 잡아당겨 모처럼 큼지막한 타구를 만들어냈지만 워닝 트랙 앞에서 잡히며 세 번째 아웃 카운트가 만들어졌다.

"젠장. 생각보다 앞에서 맞았어."

오스틴 번이 불만스럽게 투덜거렸다.

그러자 박건호가 두둔하듯 고개를 끄덕였다.

"맞아. 확실히 중심에 걸렸는데 아쉽더라."

"후우……. 나도 안처럼 웨이트 트레이닝을 해야 할까?"

"아니, 저 녀석은 태어나면서부터 근육 덩어리였어. 신경 쓰지 마."

박건호의 위로에 오스틴 번이 피식 웃었다. 그러고는 아무 일도 없었다는 것처럼 포수 장비를 착용하고 포수석으로 들어갔다.

"아직 초반이야! 경기를 뒤집을 기회는 충분하다고!"

공수 교대를 틈타 스캇 서바이브 감독이 선수들을 다독였다. 월드 시리즈에서 5점 차이는 쉽게 뒤집기 어려운 점수였지만 다행히도 매리너스의 공격 기회는 8번이나 남아 있었다.

주자가 있는 상황에서 큰 것 두 방 정도만 터져 나오면 5점 차이는 언제든지 좁힐 수 있었다.

"오스틴 번이 적잖게 흥분해 있을 거야. 그러니까 조금 더 공격적으로 타격하라고."

팀 보거트 벤치 코치는 조금 더 현실적인 조언을 더했다.

야수들은 대게 타석 결과에 따라 수비에 영향을 받게 마련이었다. 포수라 해도 마찬가지. 오스틴 번이 1회 못지않게 공격적인 패턴으로 볼 배합을 가져갈 것이라고 예상했다.

하지만 박건호에게 분에 넘치는 위로를 받은 오스틴 번은 평소와 다름없이 꼼꼼한 리드를 이어갔다.

그 결과.

딱!

4번 타자 넬슨 크로스를 2구째 포심 패스트볼로 유격수 땅볼로 유도한 뒤.

"스트라이크, 아웃!"

"스트라이크, 아웃!"

5번 타자 카인 시거와 6번 타자 진 세그라를 연속 삼진으로 돌려세우며 이닝을 끝마쳤다.

"바쁘다, 바빠."

투구를 마친 박건호는 동료들과 하이파이브를 나눌 새도 없이 곧바로 헬멧을 쓰고 방망이를 집어 들었다.

매리너스의 홈경기였다면 느긋하게 벤치에 앉아 경기를 즐겼겠지만 내셔널 리그 홈경기 규정상 투수도 타석에 들어서야만 했다.

"건! 내 복수를 해주라고!"

오스틴 번이 박건호를 향해 소리쳤다.

"걱정 마, 오스틴. 네 타구에 내 열정을 더해 담장을 넘겨버릴 테니까."

박건호가 오글거리는 멘트를 날리며 타석으로 걸어갔다.

그러고는.

"스트라이크, 아웃!"

정확하게 2분 30초 만에 3구 삼진을 당하고 더그아웃으로 되돌아왔다.

"젠장. 공 하나만 더 봤다면 분명 때려낼 수 있었는데."

"괜찮아. 넌 최선을 다했어."

오스틴 번이 박건호의 어깨를 두드렸다. 장난스럽게 하는 게 아니라 진심으로 박건호를 위하는 것처럼 느껴졌다.

그러자 안승혁이 더는 못 보겠다며 자리에서 일어나 작 피터슨의 옆으로 도망쳤다.

"안, 재들 뭐 하는 거야?"

"나도 몰라. 경기 전에 처음 본 기자하고 어쩌고저쩌고한 뒤부터 저러더라고."

"처음 본 기자? 누구? 어떻게 생겼는데?"

"음…… 둥근 뿔테 안경을 쓴 남자였는데?"

"혹시 얼굴이 터질 것처럼 빵빵해서 뿔테 안경이 살짝 작아 보이는 느낌 아니었어?"

"오오! 정확해. 그걸 어떻게 알았어?"

"그럼 로이 톰슨이네. 실은 나도 아까 얼핏 본 것 같은 느낌이었거든."

"로이 톰슨?"

"유명한 스포츠 칼럼리스트야. 메이저리그뿐만 아니라 거의 대부분의 스포츠 종목을 다뤄서 모르는 사람들이 많지만 그 동네에선 저명인사라고."

"그런데 로이 톰슨이 무슨 일로 건과 오스틴을 만난 거지?"

"그야 모르지. 저 둘을 보고 새로운 이야기를 쓰고 싶었는지도."

"그럼 저 녀석들. 어디선가 로이 톰슨이 보고 있다고 생각하고 저렇게 닭살스럽게 구는 거야?"

"뭐 야구 관련 기사들은 흔하지만 로이 톰슨의 글은 특별하니까. 아마 오스틴이 알려줬겠지."

작 피터슨의 말처럼 오스틴 번은 로이 톰슨의 열렬한 팬이었다. 마이너리그에 머물고 있을 때 로이 톰슨이 쓴 '작지만 큰 사내들의 리그'라는 칼럼을 읽고 밤새 펑펑 운 이후로 로이 톰슨의 글은 빠지지 않고 찾아보고 있었다.

경기 전 로이 톰슨이 구단을 통해 박건호와 자신을 찾아와 배터리라는 주제로 글을 쓰고 싶다고 제안했을 때 오스틴 번은 하마터면 비명을 내지를 뻔했다.

아니, 만약 옆에 박건호만 없었더라도 아이돌을 만난 10대 소녀처럼 꺅꺅거리며 뛰어다녔을지 몰랐다.

"저희라도 좋다면 얼마든지요. 마음껏 써주세요."

오스틴 번은 박건호의 의사도 묻지 않고 로이 톰슨의 제안을 받아들였다. 박건호도 어린아이처럼 좋아하는 오스틴 번을 놀란 눈으로 바라본 뒤 함께 고개를 끄덕였다.

"건, 로이 톰슨은 말이야. 진실을 보는 눈을 가진 칼럼리스트라고."

"그래?"

"그러니까 오늘은 우리 말과 행동에서 서로를 먼저 위하는 마음을 갖자."

"진실을 보는 칼럼리스트라며?"

"말이 그렇다는 거지. 그리고 나, 지금껏 너한테 가식으로 말하고 행동한 적 없어."

"그건 나도 마찬가지거든?"

"그러니까. 혹시라도 지금처럼 툴툴거리는 모습을 로이 톰슨이 본다면 얼마나 실망하겠어?"

"흠……. 뭐 우리를 좀 이상하게 볼 수도 있겠네."

"그렇지? 그러니까 우리 서로 말과 행동을 조심하자고."

"평소보다 더 친하게 굴고?"

"그래. 대신 정중하게. 예의를 갖춰서."

"뭐 그쯤이야."

이상적인 배터리처럼 보이기 위한 박건호와 오스틴 번의 웃기지도 않은 몸부림은 6회까지 이어졌다.

하지만 7회 초.

따악!

레오나르도 마틴의 타구가 3루수 저스트 터너의 가랑이 사이를 뚫고 빠져나가면서 상황이 달라졌다.

"터너! 지금 뭐 하는 거야!"

쓴웃음을 짓는 박건호를 대신해 오스틴 번이 크게 소리쳤다. 박건호가 6회까지 무려 9개의 탈삼진을 솎아내며 매리너스 타선을 꽁꽁 틀어막고 있었는데 안이한 플레이로 인해 퍼펙트게임이 깨져 버렸으니 흥분을 참지 못한 것이다.

하지만 박건호는 퍼펙트게임 때문에 동료들끼리 감정이 상하는 걸 원치 않았다.

"오스틴, 나는 괜찮으니까 침착해. 터너! 나중에 타석에서 꼭 갚아줘요. 알았죠?"

박건호가 냉큼 나서서 오스틴 번을 달랬다.

잠시 얼굴이 벌게졌던 저스트 터너도 이내 고개를 주억거리고는 말없이 제자리로 돌아갔다.

—아……. 건, 퍼펙트게임이 깨집니다.

—저스트 터너가 저 타구를 처리해 줬다면 좋았을 텐데요. 개인적으로 안타깝네요.

—월드시리즈에서 퍼펙트게임은 단 한 번 나왔는데요.

—1956년 다저스의 돈 라덴이었죠. 공교롭게도 그 당시 상대 팀이 다저스였습니다.

—만약 오늘 경기에서 퍼펙트게임이 나왔다면 씁쓸한 과거를 희석시키는 데 큰 도움이 되었을 텐데 말이죠.

—하지만 아직 경기가 끝난 건 아니니까요. 퍼펙트게임은 무산됐지만 아직 대기록은 하나 남아 있습니다.

콕스 TV 중계진은 아쉬움을 삼키며 말을 이어갔다. 박건호도 마운드를 고르며 저스트 터너의 실수를 머릿속에서 지웠다.

그사이 매리너스 벤치는 과감한 결단을 내렸다. 오늘 경기에서 박건호에게 두 개의 삼진을 당한 기에르모 에레라를 빼고 오타니 쇼헤를 대타로 올린 것이다.

–아, 오타니 쇼헤가 타석에 들어서는데요?

–스캇 서바이브 감독, 파격적인 선수 기용입니다.

–시애틀 언론에서 오늘 경기에 오타니 쇼헤를 대타로 출전시킬 수 있다는 전망이 나오긴 했습니다만 솔직히 의외의 선택이네요.

오타니 쇼헤는 더그아웃 앞에서 번개같이 방망이를 휘돌린 뒤 천천히 타석에 들어섰다. 그러고는 이글거리는 눈으로 박건호를 노려보았다.

"뭐야, 저 녀석을 내보내면 내가 열이라도 받을 줄 알았나 보지?"

박건호는 보란 듯이 코웃음을 쳤다. 스포츠 세계에서 한국과 일본이 절대 양보할 수 없는 라이벌 관계라고는 하지만 아무 때나 발끈하고 무조건 적으로 돌리는 건 세련되지 못한 짓이라고 생각했다.

"기에르모 에레라가 죽을 쑤니까 대타를 기용한 거 같은데, 난 아무렇지도 않다고."

박건호가 길게 숨을 골랐다. 그리고 오스틴 번의 사인을 기다렸다.

오스틴 번도 매리너스가 박건호를 흔들기 위해 일부러 오타니 쇼헤를 내보냈다고 여겼다. 그래서 초구에 바깥쪽으로 흘러 나가는 포심 패스트볼을 요구했다.

'일단 무슨 꿍꿍이인지 확인해 보자고, 건. 괜히 번트라도 나왔다간 더 짜증이 날 테니까.'

사인을 확인한 박건호가 살짝 미간을 찌푸렸다. 당연히 승부를 보자는 사인이 나올 줄 알았는데 바깥쪽 유인구라니. 포수석에 앉은 게 오스틴 번이 맞나 싶었다.

하지만 박건호는 천천히 고개를 주억거렸다.

오스틴 번이 고민 끝에 내린 사인이었다. 그리고 투수가 감정적으로 포수의 사인을 거절하는 건 좋은 버릇이 아니었다.

"바깥쪽 아슬아슬하게. 바깥쪽 아슬아슬하게."

속으로 정확한 목표를 설정한 뒤 박건호가 천천히 오른 다리를 들어 올렸다.

그러자 오타니 쇼헤가 씩 웃더니 까닥거리던 방망이를 멈추며 박건호와 타이밍을 맞추려 들었다. 그 모습이 한 수, 아니, 두 수 아래의 투수를 상대하는 슈퍼스타의 시건방짐처럼 느껴졌다.

'어딜!'

높게 차올렸던 오른발을 힘껏 뻗어내며 박건호가 이를 악물고 공을 내던졌다.

후앗!

박건호의 손끝을 빠져나간 공이 거의 한복판으로 날아들었다. 오타니 쇼헤를 의식한 나머지 어깨에 힘이 들어가고 만 것이다.

'걸렸다!'

오타니 쇼헤는 기다렸다는 듯이 방망이를 내돌렸다. 그러면서 회심의 미소를 지었다.

챔피언십 시리즈가 끝나기도 전부터 오타니 쇼헤는 박건호와의 리턴 매치를 간절히 바랐다.

박건호와 동시에 선발 등판해 다저스 타선을 완봉으로 틀어막는다면 적어도 지난 첫 맞대결의 치욕을 어느 정도는 설욕할 수 있을 것 같았다.

하지만 단기전의 특성상 선발 맞대결이 유동적인 상황이라 오타니 쇼헤는 보다 현실적인 목표를 세웠다.

바로 홈런.

타석에 서서 박건호의 공을 담장 밖으로 넘기는 것.

그 아찔한 복수를 위해 오타니 쇼헤는 100mile/h이 넘는 피칭 머신의 공을 거리를 조절해 가며 때려냈다.

실제 투수의 공과 피칭 머신의 공은 다르다지만 박건호의 구속에 적응하기 위해 무려 15미터 앞까지 피칭 머신을 끌어당겼다.

박건호 맞춤 훈련을 하면서 오타니 쇼헤는 포심 패스트볼에 대한 빠른 대처가 가능해졌다.

물론 시즌이 끝나면 다시 사라질 가능성이 높은, 일시적인 버프이긴 했지만 오타니 쇼헤는 자신감이 솟구쳤다.

이번 2차전에서 박건호를 상대할 단 타석의 기회가 주어진다면 그 초구를 담장 밖으로 넘겨 버릴 수 있을 것 같았다.

타석에 들어서기가 무섭게 입가가 제멋대로 꿈틀거린 것도 자신감이 넘쳐흘러서였다. 머릿속으로 수없이 상상하고 상상해 온 그 기회를 잡게 됐으니 설사 원하던 결과를 만들어내지 못한다 하더라도 후회는 없을 것 같았다.

그런데 정말로 초구가 한복판으로 말려 들어왔다.

'잘 가라, 건!'

방망이에 가속을 붙이며 오타니 쇼헤가 힘껏 허리를 돌렸다.

하지만.

퍼엉!

채 방망이가 홈 플레이트 앞쪽으로 나오기도 전에 묵직한 포구 소리가 경기장에 울려 퍼졌다.

—건! 거어어언! 104mile/h(≒167.3km/h)입니다! 개인 최고 구속을 월드 시리즈에서 갈아 치워 버립니다!

—정말 어마어마하게 빠른 공이 홈 플레이트를 꿰뚫었습니다. 오스틴 번, 손이 얼얼한지 공을 한참이나 쥐고 있는데요.

—공이 한복판으로 높게 날아들긴 했습니다만 오타니 쇼헤

를 힘으로 찍어 눌러 버립니다!

—오타니 쇼헤! 아직 어떻게 된 일인지 이해를 못 하는 얼굴인데요.

—오타니! 전광판을 봐요. 거기에 당신이 원하는 해답이 있습니다.

—아! 지금 봤나 보네요. 건이 나타나기 전까지 아시아 최고 강속구 투수는 오타니 쇼헤였는데…… 그 영광이 그리 오래 가지는 못할 것 같습니다.

콕스 TV 중계 카메라가 오타니 쇼헤의 표정을 잡았다. 전광판의 구속을 확인한 오타니 쇼헤의 표정은 뭐라 설명할 수 없을 만큼 잔뜩 일그러져 있었다.

메이저리그에 도전한 오타니 쇼헤의 몸값을 가장 크게 올려놓은 건 다름 아닌 아시아 최고 구속이었다.

104mile/h(≒167.3km/h).

양키즈의 아롤디르 채프먼을 따라잡진 못했지만 적어도 아시아 투수들 중에서는 오타니 쇼헤에 비견될 투수는 없을 것이라는 게 메이저리그 전문가들의 의견이었다.

그런데 작년까지만 해도 최고 구속에 98mile/h(≒157.7km/h)이던 박건호가 고작 1년 만에 최고 구속을 6mile/h 가까이 끌어올렸다.

한창 성장할 나이에 지난겨울 체력 훈련을 성실히 수행했고 흐트러진 투구 밸런스를 바로잡았다 하지만 쉽게 납득할 수 없는 성장이었다.

박건호가 90mile/h(≒144.8km/h) 정도를 던지다가 96mile/h(≒154.5km/h)로 구속을 끌어올린 거라면 그나마 이해할 순 있었을 것이다.

하지만 98mile/h에서 104mile/h까지 구속을 높인 거라면 기적이라는 말로밖에 설명하기 어려웠다.

'젠장, 저 자식. 뭔가 이상한 걸 먹고 있는 게 틀림없어.'

오타니 쇼헤는 박건호의 성장을 인정할 수가 없었다. 포스트시즌에서, 그것도 가장 힘들다는 월드시리즈를 치르면서 최고 구속을 갱신한다는 건 말이 되지 않았다.

하지만 이 방송을 동시 생중계하던 한국 중계진은 충분히 그럴 수 있다는 반응이었다.

–박건호 선수, 불타오릅니다!

–바로 보셨습니다. 대타로 기용한 게 하필 오타니 쇼헤거든요.

–오타니 쇼헤가 올 시즌 메이저리그에서 14개의 홈런을 때려냈다고는 하지만 투수의 이미지가 더 강하니까요.

–그렇죠. 기에르모 에레라를 대신해 투수인 오타니 쇼헤

를, 그것도 일본 선수를 올렸으니 박건호 선수가 열이 받은 것도 무리는 아닙니다.

–그나저나 104mile/h이라니. 한국 출신 선수가 이 정도로 빠른 공을 던질 거라고는 단 한 번도 예상하지 못했는데요.

–야구가 구속이 전부도 아니고 메이저리그라고 해서 100mile/h 이상을 뻥뻥 던져 대는 투수는 손에 꼽힐 정도니까요.

–하지만 오늘 박건호 선수가 던진 포심 패스트볼 중에 100mile/h에 못 미치는 공은 찾아보기 힘듭니다.

–이미 평균 구속에서는 아롤디르 채프먼을 따라잡았으니까요. 메이저리그 현역 최고의 파이어볼러라 해도 과언이 아닐 것 같습니다.

–몇몇 언론에서는 박건호 선수가 부정적인 행위를 했다고 의심하기도 하던데요.

–약물 복용을 이야기하는 것 같은데 글쎄요. 듣기로 박건호 선수는 특별히 한약이나 보충제 같은 걸 먹지 않는다고 합니다.

–에이전트인 브라이언 최가 워낙 깐깐하게 관리한다고 하죠.

–지금 당장 FA 시장에 풀리면 최고액을 충분히 갱신할 선수니까요. 그렇게 관리하는 게 당연하겠죠.

-오타니 쇼헤, 숨을 고르고 타석에 들어섭니다. 머릿속이 복잡해 보이는데요.

-오타니 쇼헤를 타자로 생각한다면, 코스를 다르게 가져가거나 구종을 변경해 타이밍을 빼앗으려 들 겁니다.

-만약 투수로 생각한다면요?

-그렇다면 또다시 포심 패스트볼이 날아들겠죠. 어쩌면 한가운데로요.

한국 중계진이 장난스럽게 떠들어 댔다.

하지만 오스틴 번은 메이저리그에서 펀치력을 인정받은 오타니 쇼헤를 상대로 무리한 승부를 벌일 생각이 없었다.

'건, 자신만만한 것도 좋지만 무사에 주자 1루야. 여기서 안타를 얻어맞으면 경기 분위기가 달라질 수 있어.'

1회 대거 5점을 뽑아낸 이후 다저스 타선은 아직까지 단 한 점의 점수도 추가하지 못하고 있었다.

매 이닝 주자를 스코어링 포지션에 보내는 것까지는 성공했지만 1회 이후로 좀처럼 적시타가 터져 나오질 않았다. 안승혁의 만루 홈런에 자극을 받은 타자들의 스윙이 커지면서 오히려 매리너스 마운드의 숨통을 트여주고 있었다.

'자, 건. 여기로!'

가랑이 사이로 신중하게 사인을 낸 뒤 오타니 쇼헤가 미트를 들어 올렸다.

구종은 포심 패스트볼.

코스는 바깥쪽 낮은 곳.

좌타석에 들어선 오타니 쇼헤의 눈에는 상당히 멀어 보일 수밖에 없는 공이었다.

"좋아."

박건호는 묵묵히 고개를 끄덕였다. 초구 때 바깥쪽을 찌르려다가 실패한 터라 이번에는 제대로 만회하고 싶었다.

"어디 자신 있으면 한번 쳐 봐라."

오타니 쇼헤를 단단히 노려보며 박건호가 힘차게 투구판을 박차고 앞으로 나갔다.

후앗!

박건호의 손끝을 빠져나간 공이 총알처럼 날아갔다.

그런데 이번에도 코스는 거의 한복판으로 몰려 들어갔다.

"어림없다!"

오타니 쇼헤는 반사적으로 방망이를 내돌렸다. 포심 패스트볼과 포심 체인지업 사이에서 고심한 끝에 오타니 쇼헤는 평소보다 20㎝ 정도 타석 위치를 앞쪽으로 옮겼다. 그렇게 하면 설사 포심 체인지업이 오더라도 나쁘지 않은 타이밍에 공략이 가능할 것이라고 여겼다.

그러나 이번에도 공은 방망이보다 먼저 홈 플레이트 위를 스쳐 지나가 버렸다.

퍼엉!

"스트라이크!"

묵직한 포구 소리와 구심의 콜 소리가 동시에 울려 퍼졌다. 그리고 잠시 후 전광판에 두 번째 스트라이크 램프가 들어왔다.

"젠장할!"

신경질적으로 타석에서 벗어난 오타니 쇼헤가 다시 한번 전광판을 바라봤다.

10여 초 만에 전광판에 찍힌 구속은 또다시 104mile/h(≒167.3km/h).

우연히 나온 구속이라는 말을 쏙 들어가게 만들어버렸다.

-건! 거어언! 또다시 104mile/h의 빠른 포심 패스트볼로 오타니 쇼헤를 윽박지릅니다.

-하하. 이건 완전히 예상 밖의 전개가 이어지는데요.

-오타니 쇼헤가 대타로 나선 것부터가 예상 밖이었죠.

-그전에 저스트 터너의 실책도 예상 밖이라고 봐야 하지 않을까요?

-대기록에 대한 부담은 배터리만 느끼는 게 아니니까요. 저스트 터너가 핫코너를 책임지다 보니 긴장이 과했다고 생

각합니다.

–어쨌든 스캇 서바이브 감독은 건을 흔들기 위해 오타니 쇼헤를 타석에 세웠는데 정작 건의 분노를 일깨운 듯한 느낌입니다.

–반면 오타니 쇼헤, 아무것도 해보지 못하고 투 스트라이크 노 볼에 몰렸습니다.

콕스 TV 중계진이 긴장감을 높였다. 덩달아 중계 카메라가 조심스럽게 마운드 위로 방향을 돌렸다.

"아, 진짜. 왜 자꾸 빠지고 난리야?"

박건호가 이해할 수 없다는 표정을 지었다. 분명 평소와 다를 바 없이 공을 던졌는데 초구에 이어 2구마저 한복판으로 몰리듯 날아가 버렸다.

"남들이 보면 내가 괜히 열 내는 줄 알고 오해하겠어."

박건호는 길게 숨을 골랐다. 그러고는 아무 일도 없었다는 것처럼 덤덤하게 오스틴 번을 바라봤다.

그러자 오스틴 번이 씩 웃더니 대놓고 한복판으로 미트를 들어 올렸다.

"뭐 하자는 거야."

박건호가 장난치지 말라며 가볍게 고개를 저었다.

하지만 오스틴 번은 박건호를 놀릴 생각이 전혀 없었다.

"걱정하지 말고 던져, 건. 이 녀석. 절대로 네 공을 때리지 못할 테니까."

초구 104mile/h짜리 포심 패스트볼이 가운데로 날아들었을 때 오스틴 번은 순간 가슴이 철렁했다. 오타니 쇼헤의 스윙이 늦었으니 망정이지 하마터면 장타를 얻어맞았을지 모른다고 생각했다.

그러나 2구째 104mile/h의 포심 패스트볼이 다시 한번 가운데로 몰려들어 왔는데도 오타니 쇼헤의 방망이가 허공을 가르자 오스틴 번의 생각이 달라졌다.

오타니 쇼헤는 그야말로 자신이 할 수 있는 가장 빠른 스윙을 선보이고 있었다. 그런데도 박건호의 공을 잡아내지 못했다. 때려내기는커녕 건드리는 것조차 버거워 보였다.

이런 상황에서 굳이 코너웍을 요구하는 건 무의미한 짓이었다.

"던져!"

오스틴 번이 미트를 힘껏 두드렸다.

"젠장. 나중에 딴소리 마라."

박건호가 질근 입술을 깨물었다. 그리고 한복판에 자리를 잡은 오스틴 번의 미트를 향해 힘차게 공을 내던졌다.

후앗!

박건호의 손끝을 빠져나간 공이 총알처럼 한복판을 향해

날아들었다.

그러자 오타니 쇼헤가 젖 먹던 힘까지 끌어내 방망이를 내돌렸다.

그렇게 공과 방망이가 한 점에서 만나려던 찰나.

후웅!

허무한 바람 소리가 오스틴 번의 귓가를 파고들었다.

'놓쳤다.'

오스틴 번은 냉큼 미트를 들어 올렸다. 그리고 생각보다 공 하나 정도 높게 날아든 박건호의 공을 단단히 붙들었다.

퍼엉!

모든 상황이 끝났음을 알리는 묵직한 포구 소리가 경기장에 울려 퍼졌다.

"스트라이크, 아웃!"

뒤이어 구심의 확인 사살이 다저스 스타디움을 뜨겁게 달궈 놓았다.

—건! 오타니 쇼헤를 3구 삼진으로 잡아냅니다!

—정말 대단한 배짱이네요. 건. 또다시 한복판으로 공을 집어넣었습니다.

—전광판에 104mile/h(≒167.3㎞/h)이라는 숫자가 계속 유지가 되고 있는데요. 3구도 역시 104mile/h이란 소리일까요? 아

니면 아직 구속 집계가 되지 않은 걸까요?

—초구, 2구에 이어 3구 연속 104mile/h의 공을 던진 것 같네요.

—3구 연속 104mile/h이라. 그게 현실적으로 가능한 일일까요?

—하하. 솔직히 다른 선수들이 3구 연속해서 자신의 개인 최고 구속을 뛰어넘는 공을 던졌다면 측정 오류를 의심했을 겁니다. 하지만 보세요. 마운드에 누가 서 있는지를.

—건이죠. 다저스의 미래이자 올 시즌 내셔널 리그 사이영상이 유력하게 점쳐지고 있는 슈퍼 에이스입니다.

—모두들 건이 2년 차 징크스를 혹독하게 겪을 거라 말했습니다. 전반기에 잘 던지더라도 후반기 체력적인 문제로 와르르 무너져 내릴 거라고 말했죠.

—하지만 건은 개막전 이후로 지금껏 단 한 번도 투수 부분 랭킹 1위를 놓치지 않았습니다.

—이미 건은 불가능하다고 여겨졌던 일을 현실로 만든 전례가 있습니다. 3구 연속 104mile/h이요? 하하. 건이라면 가능할 겁니다.

—그렇네요. 건이라면 가능한 일이었어요.

—전 구속보다 3구 연속해서 건이 포심 패스트볼을 고집했다는 점과 그 공이 전부 가운데로 로케이션 됐다는 점을 주목

하고 싶습니다.

—그건 어떤 의미가 있을까요? 다저스를 이끌어 갈 에이스로서 아시아 최고 투수라는 타이틀을 갖고 있던 오타니 쇼헤에게 도전장을 내민 것일까요?

—그럴 리가요. 도전을 하려면 오타니 쇼헤가 건에게 해야겠죠.

—아, 그런가요?

—건은 이미 작년도 내셔널 리그 신인왕을 차지했습니다. 오타니 쇼헤가 올 시즌 아메리칸 리그 신인왕을 수상한다 하더라도 건보다 1년 늦은 셈이죠. 게다가 올해 건은 내셔널 리그 사이영 상이 유력합니다. 하지만 내년에 오타니 쇼헤가 아메리칸 리그 사이영 상을 받을 수 있을까요?

—확실히 오타니 쇼헤의 후반기 성적은 실망스러웠는데요. 내년에도 같은 문제가 반복된다면 사이영 상 후보로도 거론되기 어려워 보입니다.

—오타니 쇼헤는 여러모로 적응이 필요합니다. 40홈런 이상은 충분하다던 장타력도 후반기에 급감했으니까요. 반면 건은 메이저리그에 대한 모든 적응이 끝난 상태입니다.

—그렇다면 건이 오타니 쇼헤를 라이벌로 의식할 이유가 전혀 없어 보이는데요.

—하지만 건은 3구 연속으로 한가운데 포심 패스트볼을 던

졌죠. 처음에는 실투의 가능성을 염두에 뒀습니다만 초구와 2구, 3구가 큰 차이 없이 한가운데서 로케이션 되는 걸 보니 의도적으로 던진 공이라는 생각이 들었습니다.

–결국 건은 한복판 포심 패스트볼을 통해 오타니 쇼헤에게 보여주고 싶었던 것이로군요.

–제 생각도 같습니다. 아마 건은 이렇게 말했겠죠. 자, 봐라. 이게 너와 나의 레벨 차이다, 라고요.

–어쩌면 내 공을 때려내면 널 인정해 주지, 라고 말했을지도 모르겠어요.

–하하. 확실히 그렇네요.

콕스 TV 중계진은 한참 동안이나 박건호와 오타니 쇼헤의 맞대결에 의미를 부여했다.

한국 중계진도 박건호가 한국인으로서의 자존심을 세웠다며 한껏 치켜세웠다.

하지만 정작 박건호는 고개를 저었다.

'오타니 쇼헤 때문에 흥분한 거 아냐. 난 그냥 평소처럼 던진 것뿐이라고.'

오타니 쇼헤를 잡기 위해 전력을 다했다는 평가를 부정하듯 박건호는 3번 타자 로빈슨 카누와 4번 타자 넬슨 크로스를 연속 삼진으로 돌려세우며 7회 초를 마무리 지었다.

3번 타자 로빈슨 카누를 스탠딩 삼진으로 돌려 세운 바깥쪽 포심 패스트볼의 구속은 104mile/h.

그리고 까다로운 4번 타자 넬슨 크로스에게 두 번째 스트라이크를 빼앗은 몸 쪽 포심 패스트볼의 구속 역시 104mile/h.

"후우……."

마운드를 내려가며 박건호가 고개를 주억거렸다. 이 정도면 언론에서도 괜히 자신과 오타니 쇼헤를 묶어서 소설을 쓰지는 않을 것 같았다.

그러나 콕스 TV 중계진은 여전히 오타니 쇼헤가 퍼펙트게임이 깨진 박건호를 집중하게 만들었다고 주장했다.

심지어 다저스 코칭스태프들도 오타니 쇼헤 덕분에 박건호가 각성하게 됐다는 사실을 인정하는 분위기였다.

"저게 바로 한국과 일본의 라이벌 관계일까요?"

"글쎄요. 저도 예전에 찬오에게 이야기를 들은 게 전부라 정확한 건 잘 모르겠습니다."

"그래도 건이 이번 7회를 잘 넘겨서 천만다행입니다. 솔직히 스캇 서바이브 감독이 건을 흔들기 위해 오타니 쇼헤를 올렸을 때는 무슨 일이 생길 것만 같았는데 말이죠."

밥 그린 벤치 코치가 마치 고해성사를 하듯 중얼거렸다. 만약 다른 누군가가 이 이야기를 들었다면 미래의 에이스에 대한 신뢰가 부족하다며 타박했겠지만 적어도 모렐 허샤이저 감독은 자신의 속내를 이해해 줄 것이라 믿었다.

“어쩌면 스캇 서바이브 감독이야말로 건을 의식하는 오타니 쇼헤의 잠재력을 끌어내고 싶었던 것인지도 모르죠.”

모렐 허샤이저 감독이 피식 웃으며 말했다. 밥 그린 코치처럼 박건호에게 큰 위기가 닥칠 거라 생각한 건 아니지만 어쩌면 이번 맞대결을 통해 오타니 쇼헤의 잠재력이 폭발할 수도 있겠다는 걱정은 가지고 있었다.

그런데 정작 오타니 쇼헤가 아니라 박건호의 잠재력이 폭발해 버렸으니 스캇 서바이브 감독에게 감사 인사라도 전해야 할 것 같았다.

“그건 그렇고, 모렐. 불펜은 어떻게 할까요?”

모렐 허샤이저 감독을 따라 실실 웃어대던 밥 그린 코치가 다시 조심스러운 목소리를 냈다.

전광판의 스코어는 5 대 0. 벌써 7회가 끝이 난 상황이었다.

게다가 박건호의 퍼펙트 피칭도 깨졌다. 아직 무실점 호투 중이라지만 시애틀에서 열릴 5차전 등판을 위해서라도 관리를 해주는 편이 나을 것 같았다.

하지만 모렐 허샤이저 감독의 생각은 달랐다.

“오늘 경기는 건에게 맡기도록 하죠.”

“네? 오늘 경기를요? 설마 완투를 시키자는 소리입니까?”

“아직 건의 투구 수는 여유로운 편이니까요.”

"하지만 5차전을 고려한다면……."

"그 부분에 대해서는, 오늘 경기가 끝나고 따로 이야기하도록 하죠."

"따로요?"

"그래요, 밥."

모렐 허샤이저 감독은 애써 말을 아꼈다.

하지만 눈치 빠른 밥 그린 코치는 그 말을 단번에 알아들었다.

"설마…… 선발 로테이션에 변화를 주려는 건가요?"

"쉿, 밥. 나중에요."

모렐 허샤이저 감독이 검지를 들어 입가에 가져다 댔다. 아직 경기가 끝나지 않은 상황에서 시애틀 원정을 성급히 논의하는 건 적절치 않았다.

하지만 이대로 경기가 끝이 난다면 그때는 다양한 가능성을 열어두고 밥 그린 코치를 비롯한 코치진과 대화를 나눌 생각이었다.

홈 2연전을 전부 쓸어 담았다고 해서 다저스 팬들이 30년간 기다려 온 월드 시리즈를 시애틀에서 끝낼 생각은 추호도 없었다.

3

7회 말, 다저스의 공격은 삼자범퇴로 끝이 났다.

박건호는 7회 말 두 번째 타자로 타석에 들어섰다. 그리고 바뀐 투수 닉 반센트의 3구째 포심 패스트볼을 잡아당겨 3유간을 꿰뚫는 듯한 타구를 만들어냈다.

하지만 코일 시거의 형인 3루수 카인 시거가 몸을 날려 타구를 건져내면서 박건호의 포스트시즌 첫 안타는 또다시 물거품이 되고 말았다.

"괜찮아, 건. 좋은 타구였어."

"그래, 운이 나빴을 뿐이라고."

더그아웃으로 돌아온 박건호에게 동료들이 앞다투어 주먹을 내밀었다. 박건호는 멋쩍게 웃고는 지정석이나 다름없는 오스틴 번의 옆자리로 돌아가 앉았다.

"후우……. 타격이 쉽지가 않네."

"걱정 마, 친구. 다음번 타석이 돌아온다면 내가 네 복수를 해줄 테니까."

"그런데 오스틴, 우리 이 낯간지러운 연극은 언제까지 해야 하는 거야?"

"연극이라니? 무슨 소리야. 난 언제나 널 존중하고 격려해왔다고. 오늘은 예의라는 소스를 뿌려서 전하는 것뿐이야."

"하아, 그놈의 예의. 느끼해서 못 먹겠다."

"젠장, 나도 마찬가지다."

7회 말. 다저스의 공격이 삼자범퇴로 끝이 나면서 박건호와 오스틴 번의 연극은 끝이 났다.

5 대 0의 리드가 뒤집혀서 다저스가 9회 말 공격 기회를 잡지 못하는 이상 오스틴 번이 네 번째 타석에 들어설 일은 없었기 때문이다.

"까짓것 어디 맘대로 써보라지."

"그래, 역시 우린 이런 게 편해."

"그러다 정말 소란스러운 배터리라고 기사가 나면 어떻게 하지?"

"뭐 어때? 사실인데. 그냥 시원하게 인정하고 넘기자고."

오스틴 번과 주먹을 부딪친 뒤 박건호가 느긋하게 마운드에 올랐다. 매리너스의 선두 타자는 5번 타자 카인 시거였다.

앞서 박건호의 안타를 건져 내는 호수비를 펼친 탓일까. 카인 시거의 얼굴이 자신만만하게 변해 있었다.

그러나 10년 치 예지몽을 꾸기 전부터 박건호는 빚지고는 못 사는 성격이었다.

"잘 만났다, 이 안타 도둑놈아."

박건호가 투구판을 단단히 밟았다. 그리고 오스틴 번의 미트를 향해 힘껏 공을 내던졌다.

퍼엉!

순식간에 홈 플레이트를 가로지른 공이 오스틴 번의 미트에 처박혔다. 그와 동시에 카인 시거의 입가에 매달려 있던 미소가 씻은 듯 사라졌다.

"그래, 그 표정이야. 그렇게 내 안타를 훔쳐 간 걸 반성하라고."

박건호는 2구째 몸 쪽 포심 패스트볼을 붙여 파울을 유도해 낸 뒤 3구째 낙차 큰 커브를 바깥쪽에 던져 넣어 까다로운 타자 카인 시거를 3구 삼진으로 돌려세웠다.

그렇게 매리너스의 마지막 희망이 무산됐다.

—아, 카인 시거. 건의 커브에 아무런 반응조차 보이지 못했습니다.

—초구에 이어 2구째 날아든 포심 패스트볼이 워낙 강렬했으니까요. 아마 몸은 물론이고 영혼까지 포심 패스트볼에 빠져 있었는지도 모르겠습니다.

—어쨌든 건, 벌써 13개째 탈삼진을 기록합니다.

—그리고 아직까지 단 하나의 안타도 맞지 않았죠.

—이제 매리너스의 남은 아웃 카운트는 단 5개입니다. 그 5개의 아웃 카운트가 사라지면 건의 이름은 메이저리그 역사에 남게 됩니다.

-건이 메이저리그 역사가 되기까지 남은 아웃 카운트는 단 5개입니다.

콕스 TV 중계진은 반복해서 대기록에 대한 운을 띄웠다. 저스트 터너의 실책으로 인해 퍼펙트게임은 무산됐지만 아직 노히트노런이라는 또 다른 대기록은 달성이 가능한 상태였다.

"자, 이제 두 개 남았어!"

"다들 정신 차려!"

다저스 내야수들도 번갈아 가며 서로를 독려했다. 앞서 실수를 저질렀던 저스트 터너도 몸을 잔뜩 웅크리고 타구에 대비했다.

"젠장. 빈틈이 없잖아."

카인 시거에 이어 타석에 들어선 6번 타자 진 세그라가 불만스럽게 투덜거렸다.

매리너스 벤치에서는 여차하면 기습 번트를 대도 좋다는 사인이 떨어졌다.

물론 두고두고 팬들에게 욕을 먹겠지만 월드 시리즈에서 스무 살도 되지 않은 어린 동양인 투수에게 노히트노런의 수모를 당하는 것보다는 낫다고 여겼다.

진 세그라도 내심 기습 번트를 염두에 두었다. 주력이 나쁜

편도 아니니 여차하면 타구를 굴려놓고 1루로 전력 질주를 할 생각도 가졌다.

하지만 3루수 저스트 터너와 1루수 에이든 곤잘레스는 어디 한번 해보라는 듯 베이스 라인을 넘나들며 기민한 움직임을 보이고 있었다. 여기서 괜히 성급하게 움직였다간 박건호의 노히트노런을 도와주는 꼴이 될 것 같았다.

'일단 투 스트라이크까진 지켜보자.'

진 세그라가 길게 숨을 골랐다. 그리고 평소보다 짧게 방망이를 붙들었다.

중심에서 바깥쪽으로 벗어나는 공은 반쯤 포기했다. 덤벼봐야 볼카운트만 까먹을 가능성이 높으니 차라리 무시하는 게 마음 편했다.

하지만 몸 쪽을 파고드는 공은 그냥 넘기기 어려웠다. 자존심 때문이라도 어떻게든 대처하는 모습을 보여주고 싶었다.

"어디 노히트노런이 깨져도 상관없다면 덤벼보라고."

진 세그라가 방망이를 들어 올렸다.

그 순간.

촤라라랏!

박건호가 힘차게 투구판을 박차고 나왔다.

후앗!

박건호의 손끝을 빠져나온 공이 한복판을 지나 진 세그라의 몸 쪽을 파고들었다.

진 세그라가 질근 입술을 깨물며 대응하려 했지만.

퍼엉!

새하얀 공은 홈 플레이트를 가로지르고는 오스틴 번의 미트 속으로 사라져 버렸다.

"빌어먹을!"

시원하게 헛스윙을 하고 만 진 세그라가 욕지거리를 내뱉었다. 마치 치라고 던져 준 것 같은 공을 놓쳤으니 아쉬움보다는 수치심이 밀려들었다.

하지만 그것도 잠시.

전광판에 104mile/h(≒167.3km/h)이라는 구속이 떠오르자 진 세그라의 표정이 한결 누그러졌다.

'104mile/h이라니. 환장하겠군.'

오늘 경기 전까지만 해도 박건호의 최고 구속인 103mile/h로 알려져 있었다.

연습 투구 때 그 이상의 공을 던졌다는 소문이 나돌긴 했지만 실제 경기 중의 최고 구속은 103mile/h을 넘지 못했다. 그리고 6회가 지나면 대부분의 포심 패스트볼은 100mile/h 수준에서 맴돌았다.

투수는 이닝을 거듭할수록 힘이 빠진다. 그리고 그에 비례해 구속이 떨어진다.

반면 타자는 대결을 거듭할수록 투수의 공이 눈에 익는다. 그만큼 타이밍을 잡기가 편해진다.

경기 초반에 날아다니던 투수들도 강판이 임박하면 피안타율이 부쩍 높아지는 것도 이런 이유 때문이다.

그런데 박건호가 그 일반적인 현상을 거스르는 듯한 투구를 펼치고 있으니 진 세그라가 기가 차는 것도 무리는 아니었다.

'차라리 번트를 댈까?'

타석 밖에서 숨을 고르며 진 세그라는 생각을 바꿨다. 몸 쪽 코스마저 대응할 수 없다면 눈 딱 감고 번트를 대는 것도 나쁠 것 같지 않았다.

'만약 몸 쪽으로 날아든다면…… 번트를 대자.'

진 세그라가 초구 때보다 방망이를 더 짧게 움켜쥐었다. 그런 줄도 모르고 오스틴 번은 또다시 몸 쪽 포심 패스트볼을 요구했다.

박건호는 군말 없이 고개를 끄덕였다. 초구에 헛스윙을 한 걸 봤을 때 진 세그라가 몸 쪽 공을 때려낼 가능성은 낮아 보였다.

'그래도 혹시 모르니까.'

공을 단단히 움켜쥔 뒤 박건호가 힘차게 투구판을 박찼다.

후앗!

박건호의 손끝을 빠져나간 공이 다시 한복판을 지나 진 세그라의 몸 쪽으로 날아들었다.

그 순간 진 세그라가 반사적으로 몸을 낮췄다. 그러고는 방망이를 옆으로 돌리며 홈 플레이트를 파고들던 공을 그대로 밀어냈다.

따악!

뭔가 부러지는 소리와 함께 타구가 3루 라인을 타고 굴렀다. 그 코스가 어찌나 절묘하던지 마스크를 벗고 자리에서 일어난 오스틴 번도, 투구를 마친 박건호도 차마 공을 쫓지 못했다.

그러나 모두가 타구를 포기한 것은 아니었다.

'잡아야 해! 무슨 수를 써서라도 잡아야 해!'

강습 타구에 대비해 베이스 라인 뒤쪽에서 수비를 하고 있던 저스트 터너가 타구에 시선을 고정한 채 빠르게 앞으로 달려 나왔다.

잔디에 낮게 깔려 굴러오는 공은 글러브로 잡아내기가 쉽지 않아 보였다. 그렇다고 맨손으로 잡기에는 공을 놓칠 위험성이 높았다.

"터너! 그냥 내버려 둬!"

1루로 내달리는 진 세그라와 타구를 번갈아 바라보던 오스틴 번이 크게 소리쳤다.

공을 잡자마자 곧바로 송구가 이루어지지 않는 한 진 세그라를 잡긴 어려워 보였다. 그렇다면 차라리 타구가 라인 밖으로 벗어나길 바라는 게 더 나을 것 같았다.

하지만 저스트 터너는 망설이지 않고 맨손으로 공을 잡아냈다.

그리고.

"크아아아!"

괴성을 내지르며 1루를 향해 공을 내던졌다.

후앗!

저스트 터너의 손을 빠져나간 공이 정확하게 에이든 곤잘레스 쪽으로 날아갔다.

살짝 송구가 높긴 했지만 188㎝의 에이든 곤잘레스가 까치발까지 들며 팔을 쭉 뻗자 거짓말처럼 공이 글러브 끝에 걸려들었다.

그사이 1루로 전력 질주했던 진 세그라의 발이 1루 베이스에 닿았다.

"세이프! 세이프!"

1루 코치 케이시 캔달이 벌겋게 달아오른 얼굴로 소리쳤다.

하지만 1루심은 케이시 캔달을 무시한 채 단호하게 오른팔을 들어 올렸다.

"아웃!"

1루심이 아웃을 선언하자 스캇 서바이브 감독이 그대로 더그아웃을 박차고 나왔다. 그러고는 구심에게 거칠게 항의하며 비디오 판독을 요청했다.

–스캇 서바이브 감독, 중요한 순간에 챌린지를 신청합니다.

–느낌상으로는 진 세그라의 발보다 저스트 터너의 송구가 조금 더 빨랐던 것 같은데요.

–리플레이 화면으로 다시 볼까요? 음……. 간발의 차이로 공이 먼저 도착한 것 같지만 공이 글러브에 완벽하게 잡히는데 약간의 시간이 필요하다는 걸 감안하면 또 모르겠네요.

–확실히 다시 보니까 매리너스에서 챌린지를 신청할 만하다는 생각이 듭니다.

–심판들이 한데 모였는데요. 과연 어떤 결과가 나올까요.

–솔직히 이 판정으로 경기 결과가 뒤바뀔 가능성은 낮아 보입니다. 하지만 건의 대기록 달성은 날아가겠죠.

콕스 TV 중계진이 숨을 죽이고 최종 판정을 기다리는 동안 박건호가 저스트 터너에게 다가갔다. 그리고 씩 웃으며 왼 주먹을 내밀었다.

"만약 세이프가 되더라도 날 원망하지 않는 거지?"

"물론이죠, 터너. 터너 덕분에 이긴 경기가 얼마나 많은데요."

"하하. 말이라도 고마워, 건."

"빈말이 아니에요. 난 터너가 아닌 다른 누군가가 내 경기에서 3루를 맡는다는 게 상상이 되지 않으니까요."

2016년 시즌이 끝나고 저스트 터너는 다저스와 4년에 6,400만 달러의 계약을 맺었다. 연평균 1,700만 달러.

커리어의 대부분을 백업 선수로 활약해 왔던 걸 감안하면 파격적인 대우였지만 저스트 터너는 그 몸값에 걸맞은 활약을 꾸준히 펼쳐 주고 있었다.

물론 LA 언론들은 저스트 터너의 나이를 핑계로 트레이드를 시켜야 한다고 말했다.

저스트 터너도 올 시즌이 끝나면 여러 가지 가능성을 두고 고민하기로 마음을 먹은 상태였다.

하지만 박건호는 핫 코너라 불리는 3루수를 든든히 지켜주는 저스트 터너가 더없이 고맙기만 했다. 그리고 가능하다면 저스트 터너가 다저스에서 은퇴하길 바랐다.

"고마워……. 건."

저스트 터너가 살짝 울컥한 표정을 지었다. 그러다 심판진이 아웃을 선언하자 벌게진 눈시울을 감추듯 냉큼 박건호를 끌어 안아버렸다.

"저기 터너, 미안한데 땀 냄새 나요."

"너도 땀 냄새나. 그러니까 닥치고 좀 있으라고."

저스트 터너는 한참 동안이나 박건호를 끌어안으며 감정을 추슬렀다.

그리고 그 모습을 지켜보던 한국 네티즌들은 저스트 터너에게 박건호 사생팬이라는 별명을 붙여주었다.

4

5분여 만에 재개된 경기는 다저스의 일방적인 페이스로 흘러갔다.

7번 타자 아담 리드는 다저스 팬들의 야유 속에 방망이 한 번 휘둘러보지 못하고 3구 삼진으로 물러났다.

구석구석을 찌르는 박건호의 공이 빠르기도 했지만 개인적으로 대기록을 앞둔 투수에게 번트를 댄 진 세그라의 행동을 용납하지 못한 것이다.

"후우……."

14개째 삼진을 잡아낸 박건호가 천천히 마운드에서 내려왔다. 다저스 팬들은 기다렸다는 듯이 자리에서 일어나 박건호에게 박수를 보냈다.

—이 소리 들리십니까? 다저스 스타디움을 가득 채운 팬들이 단 한 명을 위해 박수를 보내고 있습니다.

—하하. 제가 다저스 경기를 정말 오래 중계했는데 말이죠. 이렇게 큰 박수 소리는 처음입니다.

—아마 슬레이튼 커쇼 정도나 이런 박수를 받았을 것 같은데요.

—아마 TV를 막 트신 분들이라면 군부대 위문 공연이라고 착각하실지도 모르겠습니다.

—어쨌든 박건호 선수, 이제 완투까지 아웃 카운트 세 개를 남겨놓고 있습니다.

—아직 투구 수가 80구도 되지 않았으니까 9회도 깔끔하게 막아낼 거라 믿습니다.

한국 중계진은 다저스의 공격 내내 박건호에 대한 칭찬을 늘어놓았다.

심지어 다저스 타자들의 타격 장면을 대신해 박건호의 삼진 퍼레이드 장면을 틀기까지 했다.

그렇게 잠시 지방 방송이 됐던 중계방송은 9회 초가 시작되자 다시 원래대로 돌아왔다.

중계 카메라에 잡힌 박건호는 평소처럼 마운드의 흙을 골랐다. 그리고 로진 가루를 손에 듬뿍 묻힌 뒤 길게 불어내며 투구판 위로 올라섰다.

선두 타자는 8번 타자 마이클 주니노.

오늘 경기가 이대로 끝난다면 선발 투수 제임스 피스톤과 함께 언론의 질타를 받을 수밖에 없는 처지에 몰려 있었다.

그래서일까.

딱!

마이클 주니노는 초구부터 번트를 시도했다.

하지만 몸 쪽을 날카롭게 파고든 공은 그대로 방망이 윗부분을 스친 뒤 백네트 쪽으로 넘어가고 말았다.

"젠장할."

마이클 주니노는 입술을 질근 깨물었다. 그리고 다시 한번 번트를 노렸다.

하지만 104mile/h의 포심 패스트볼이 연거푸 바깥쪽 스트라이크존을 파고들면서 뭔가를 만회해 보겠다는 마이클 주니노의 바람은 수포로 돌아갔다.

"집어치워!"

"이 비열한 자식들! 건에게 무슨 짓을 하려는 거야!"

"꺼져! 당장 시애틀로 꺼져 버리라고!"

"너희들은 월드시리즈를 치를 자격이 없어!"

쏟아지는 다저스 팬들의 야유 속에 대타로 들어선 반 가멜은 헛방망이질을 하고 물러났다.

매리너스 타자들 중 처음으로 네 번째 타석에 들어선 레오나르도 마틴도 박건호의 포심 체인지업을 건드려 평범한 2루수 땅볼로 물러나고 말았다.

—건! 거어언!

—건이 해냈습니다. 월드시리즈 사상 첫 번째 노히트노런이 달성되는 순간입니다!

콕스 TV 중계진의 환호 속에 박건호와 다저스 선수들은 경기장에서 한데 엉켜 기쁨을 나누었다. 다저스 팬들도 목이 찢어져라 환호하며 승리를 함께했다.

2018년 월드 시리즈 2차전

다저스 5 : 0 매리너스

승리투수 박건호(9이닝 0피안타 0실점 0사사구 14삼진, 노히트노런)

33장
30년의 기다림(1)

1

건! 메이저리그 역사상 첫 번째 월드시리즈 노히트노런 달성!

9이닝 15K! 건! 매리너스 호를 침몰시키다!

월드시리즈 2차전이 끝나기가 무섭게 언론사들은 앞다투어 박건호의 노히트노런 소식을 전했다.

몇몇 지역 일간지는 저스트 터너의 안이한 수비가 박건호의 퍼펙트게임을 날려 먹었다고 비난하기도 했다.

하지만 경기 직후 박건호가 호수비를 펼친 저스트 터너에게 고마움을 전하면서 저스트 터너를 향하려던 비난 여론은 금세 수그러들었다.

ㄴ봤냐? 봤어? 이게 바로 건이라고.

ㄴ맞아. 이게 바로 건이지.

ㄴ난 건이 해낼 줄 알았다고!

ㄴ나도 건이 다저스를 승리로 이끌어줄 거라 믿어 의심치 않았지. 하지만 노히트노런이라니!

ㄴ건! 사랑해! 영원히 다저스의 에이스로 남아줘!

ㄴ그런데 다저스는 뭐 하고 있는 거야? 왜 아직까지 장기 계약에 대한 기사가 나오지 않는 거지?

ㄴ이 멍청아! 아직 월드시리즈는 끝나지 않았다고!

ㄴ월드시리즈하고 건을 붙잡는 거하고 무슨 상관인데?

ㄴ맞아. 나도 월드시리즈가 끝나기 전에 건의 장기 계약 소식을 듣고 싶다고!

다저스 팬들은 모였다 하면 한목소리로 박건호의 장기 계약을 원했다. 온라인뿐만이 아니었다. 오프라인에서도 누군가 박건호를 들먹이면 자연스럽게 계약 문제가 따라 나왔다.

"건은 다저스의 보배라고! 건을 절대 놓쳐서는 안 돼!"

"내 말이 그 말이야! 올해가 지나기 전에 어떻게든 건을 장기 계약으로 묶어둬야 한다고!"

"다저스가 건에게 얼마나 줄까? 아니 얼마를 줘야 건을 평생 다저스 맨으로 만들 수 있을까?"

"평생 건을 묶어두겠다고? 하하. 그건 너무 과한 욕심이야."

"과하다고?"

"그럼. 메이저리그 선수들 중에 한 팀에서 은퇴할 때까지 뛰는 선수가 몇 명이나 된다고 생각하는 거야? 극히 일부에 불과하다고."

"그래서 너는 건을 이대로 놓쳐도 좋다 이거야?"

"누가 그렇대? 무작정 건에게 충성을 바랄 게 아니라 현실적인 장기 계약을 생각해 보자는 거지."

"현실적인 장기 계약이라. 대체 넌 몇 년을 생각하는 거야? 6년? 7년?"

"무슨 소리야? 아무리 짧게 잡아도 10년이 기본이잖아."

"뭐야, 그게? 10년이면 엄청 긴 거잖아!"

"10년 후에도 건은 20대라고. 만약 건이 계약 기간 동안 슬레이튼 커쇼만큼만 활약해 줘도 다저스는 건을 다시 붙잡기 어려워질지도 몰라."

전문가들도 월드시리즈의 향방만큼이나 박건호의 재계약 문제에 관심을 보였다.

"어떤 투수가 있습니다. 데뷔 첫해에 신인상을 탔습니다.

그리고 2년 차에 사이영 상 수상이 유력한 상태죠. 그런데 월드시리즈 2차전에서 노히트노런까지 달성했습니다. 이 투수에게 구단은 과연 얼마의 계약을 제안해야 할까요?"

"일단 투수의 나이를 고려해야겠죠. 만약 다른 나라의 프로 리그에서 뛰고 온 20대 중반의 투수라면 연평균 2천만 달러 정도의 계약이 적당해 보입니다. 중남미에서 데려온 20대 초반의 투수라면 그보다 500만 달러 정도는 더 줄 수 있을 것 같고요."

"일단 건은 연평균 2,500만 달러를 보장받았네요."

"그래도 2년 차 투수인데 2,500만 달러라. 너무 과하지 않나요?"

"2,500만 달러가 과하다고요? 하하. 만약 다저스 구단주들이 비슷한 생각을 가지고 있다면 다른 구단의 구단주들은 손뼉을 치며 환호할 겁니다. 건을 데려올 기회가 생겼다며 말이죠."

"하지만 다른 구단에서 건을 데려가기란 말처럼 쉽진 않을 겁니다. 건은 이제 19살이에요. 게다가 월드시리즈 노히트노런을 통해 스스로 빅게임 피쳐라는 사실까지 입증했습니다."

"제 생각도 같습니다. 시즌 성적은 좋지만 포스트시즌에 약한 투수들은 몸값 거품이 크지 않아요. 오로지 시즌 성적만 놓고 따지면 되니까요. 하지만 포스트시즌에서, 그것도 생애 첫 월드시리즈 무대에서 노히트노런을 기록한 투수라면 글쎄요. 월드시리즈 우승을 위해 선발 투수 퍼즐 하나가 부족한 구단이라면 돈 보따리를 싸 들고 덤벼들지 않을까요?"

"관건은 계약 기간입니다. 계약 기간이 어느 정도냐에 따라 계약 총액이 달라질 겁니다."

"그래도 슬레이튼 커쇼의 계약은 뛰어넘겠죠."

"슬레이튼 커쇼에게 미안한 이야기지만 그건 어쩔 수 없어요. 건은 이제 19살이니까요."

전문가들의 극찬 속에 박건호의 몸값은 또다시 반등했다. 당초 8년 계약에 연평균 2,500만 달러 정도가 유력했지만 포스트시즌에서 슬레이튼 커쇼 못지않은 활약을 펼치면서 최소 500만 달러 이상이 뛰어올라 버렸다.

물론 일부 LA 지역 언론들은 박건호에게 큰돈을 지출하는 건 위험하다고 경고했다.

박건호는 아직 19살이었다. 성장기 투수의 경우 투구의 안정감이 떨어졌다. 몸이 자라면서 갑작스럽게 투구 밸런스가 무너지는 경우도 비일비재했다.

그러나 대다수의 언론은 박건호와 장기 계약을 맺어야 한다고 입을 모았다. 미래에 대한 불확실성을 언급하기에는 박건호가 올 시즌 보여준 퍼포먼스가 너무나 눈부셨기 때문이다.

알렉스 인터폴리스 부사장은 이 같은 여론 동향 보고서를 가지고 직접 마크 윌리엄 구단주를 찾아갔다.

"내년 시즌이 끝나면 건은 슈퍼2 조항에 따라 연봉 조정 신청 자격을 얻을 겁니다. 그리고 내년 시즌에 건이 올 시즌만큼의 활약을 펼친다면…… 다저스는 최소 커쇼만큼의 연봉을 줘야 할 겁니다."

"커쇼만큼이라. 올 시즌 커쇼의 연봉이 얼마지?"

"3,550만 달러죠."

"내년 시즌에는?"

"옵트 아웃을 하지 않는다고 가정했을 때 3,450만 달러입니다."

"흠……."

마크 윌리엄 구단주가 길게 신음했다.

그러자 알렉스 인터폴리스 부사장이 결코 과한 이야기는 아니라며 말을 이었다.

"생각해 봐요, 마크. 건이 2년 연속 사이영 상을 수상했다고 가정해 보자고요. 건이 올해만큼의 성적을 올리고 슬레이튼 커쇼도 사이영 상에 근접하는 활약을 펼친다면 다저스는 다시 한번 내셔널 리그 챔피언이 될 겁니다. 그리고 아메리칸 리그 챔피언과 함께 월드시리즈 우승을 다투겠죠. 월드시리즈는 하늘이 결정하는 것이니 감히 단언하지 않겠습니다. 하지만 최소 내셔널 리그 챔피언은 확실해요. 그렇게 내년 시즌이 끝나면 아마도 다저스 팬들은 건을 에이스라고 부르겠죠."

"슬레이튼 커쇼의 팬들이 들으면 기절할 소리를 하는군."

"왜요? 이 말도 허풍처럼 들립니까?"

"하아……. 허풍이라. 차라리 그랬으면 좋겠어. 실컷 웃고 넘어가게 말이야."

알렉스 인터폴리스 부사장만큼이나 마크 윌리엄 구단주도 박건호의 맹활약이 기뻤다.

하지만 하루가 다르게 치솟는 박건호의 몸값은 다저스 왕조를 염원하는 마크 윌리엄 구단주를 부담스럽게 만들고 있었다.

"알렉스, 솔직히 말해보자고. 자네 말대로 건이 내년에도 사이영 상을 타고 MVP까지 수상했다고 가정하지. 그리고 다저스가 2년 연속 월드시리즈에 진출했다고 치자고. 그렇게 된다면 정말로 건에게 슬레이튼 커쇼만큼의 연봉을 안겨줘야 하는 걸까?"

"물론 구단의 입장을 놓고 보자면 아니죠. 슬레이튼 커쇼의 연봉 계약을 고려했을 때 그 절반으로도 충분히 승산은 있습니다."

2011년 생애 첫 사이영 상을 수상한 슬레이튼 커쇼는 이듬해 750만 달러를 받았다. 2011년 연봉은 50만 달러. 2011년에

비해 700만 달러가 올랐다.(연봉 인상률 1,400퍼센트)

2013년에 1,100만 달러를 받은 슬레이튼 커쇼는 같은 해 생애 두 번째 사이영 상을 받으면서 7년에 2억 1,500만 달러라는, 당시 기준 투수 최고 계약을 맺었다.

연평균 3,071만 달러. 2012년에 비해 2.8배가 올랐다. 2011년을 기준으로 잡았을 때는 4.1배가 뛰어오른 금액이었다.

올 시즌 박건호의 연봉은 메이저리그 최저 연봉 수준인 60만 달러. 월드시리즈가 끝나고 모두의 예상대로 박건호가 내셔널 리그 사이영 상을 수상해서 슬레이튼 커쇼만큼의 연봉 인상률을 보전해 준다면 900만 달러다.

여기서 다시 한번 사이영 상을 수상해서 2.8배의 연봉 인상률이 적용된다면 2,520만 달러.

포스트시즌 직전에 전문가들과 언론에서 박건호의 연평균 연봉 상한선으로 떠들던 금액과 맞아떨어지게 된다.

아마도 박건호의 에이전트는 2,500만 달러를 마지노선으로 잡고 연봉 협상에 임할 것이다. 경우에 따라서는 정말로 슬레이튼 커쇼만큼의 연봉을 달라고 요구할지도 몰랐다.

반면 다저스 구단은 여러 전례를 들어 박건호 에이전트의 요구 조건을 낮추고 또 낮추려 들 것이다.

만약 구단에서 올해 박건호에게 100만 달러라는, 터무니없는 연봉을 강제로 안기고 그 100만 달러를 기준점으로 잡아

연봉 조정에 들어간다면 슬레이트 커쇼 연봉의 절반인 1,800만 달러 선에서 답이 나올 가능성도 없지 않았다.

하지만 그건 어디까지나 2020년 연봉이었다. 2020시즌 이후로 박건호가 연평균 15승 정도만 거둬줘도 해마다 연봉은 30퍼센트 이상 오를 터였다.

단순히 30퍼센트 인상률을 적용할 경우 2021년 연봉은 약 2,300만 달러, 그리고 2022년 연봉은 약 3,000만 달러.

박건호가 서비스 타임을 전부 채우고 FA에 나오는 시점에서 시작점은 연봉 3,000만 달러가 된다.

그때 박건호의 나이는 고작 만 23세. 나이를 감안해 7년 이상 장기 계약을 한다면 총액 4억 달러를 훌쩍 뛰어넘을 터였다.

제아무리 다저스라 하더라도 4억 달러 이상의 계약을 감당하기란 쉽지 않았다.

구단 내부에서도 박건호에게 4억이 넘는 돈을 투자하느니 차라리 1억 달러짜리 선수 넷을 데려오자는 이야기가 나올 가능성이 농후했다.

"잘 생각해요, 마크. 냉정하게 따졌을 때 슬레이트 커쇼의 전성기는 얼마 남지 않았어요. 길면 3년 정도겠죠. 그리고 다저스는 얼마 남지 않은 슬레이트 커쇼와 내후년 4천만 달러에 가까운 연봉 계약을 맺을 겁니다."

"후우……."

"몇 년 계약이 될지는 나도 모르겠어요. 하지만 슬레이튼 커쇼의 에이전트는 이렇게 말할 겁니다. 그동안 커쇼가 다저스를 위해 충성해 왔으니 성의를 보이라고 말이죠. 그렇다고 모처럼 문을 연 다저스 왕조를 돈 때문에 닫을 수는 없으니 구단은 분명 돈 보따리를 열 겁니다. 하지만 전성기를 지난 슬레이튼 커쇼가 전성기보다 늘어난 연봉만큼의 활약을 해줄 가능성은 현실적으로 낮습니다. 그리고 그 부담은 결국 새로운 에이스가 될 건이 짊어지겠죠. 우리가 올해 건에게 만족할 만한 계약 조건을 제시하지 못한다면 해가 거듭될수록 건의 불만은 커질 겁니다. 다저스 생활이 행복하지 않다고 여길 테고 결국 다른 구단을 알아보겠죠."

"알렉스, 무슨 말을 하려는지는 알겠는데 이야기가 너무 극단적이잖아."

"일부러 극단적으로 가정하는 겁니다. 그래야 마크도 마음의 결정을 내릴 테니까요."

"후우……."

"마크, 다른 건 몰라도 이것 하나는 확신할 수 있습니다. 만약 올해, 우리가 건을 만족시키지 못한다면 우리 모두가 꿈꾸던 다저스 왕조는 물거품이 될 겁니다. 농담으로 하는 말이 아니에요. 내 말을 못 믿겠으면 내년에 건에게 푼돈을 쥐여줘 보세요."

알렉스 인터폴리스 부사장이 짓궂게 말했다.

그러나 마크 윌리엄 구단주는 알렉스 인터폴리스 부사장을 따라 웃을 수가 없었다.

얄밉지만 알렉스 인터폴리스 부사장의 말은 틀리지 않았다.

메이저리그에서 돈은 곧 실력이다. 모두가 인정할 만한 뛰어난 활약을 펼쳤는데 그에 대한 제대로 된 보상을 받지 못한다면 누구라도 팀을 떠나려 들 것이다.

"그래서…… 자네가 하고 싶은 말이 뭔가."

마크 윌리엄 구단주가 지친 얼굴로 알렉스 인터폴리스 부사장을 바라봤다.

사전에 약속도 없이 알렉스 인터폴리스 부사장이 들이닥쳤을 때 어느 정도 각오는 하고 있었지만 막상 박건호의 계약과 관련된 온갖 이야기들이 쏟아져 나오자 머리가 지끈거릴 정도였다.

그러자 알렉스 인터폴리스 부사장이 기다렸다는 듯이 입을 열었다.

"건과 슬레이튼 커쇼의 재계약 문제. 전부 저에게 일임해 주세요."

"자네에게?"

“네. 적어도 제가 앤디 사장보다는 나을 겁니다.”

지난해 내셔널 리그 신인상을 수상한 이후로 다저스 내 박건호의 입지는 비교적 탄탄해졌다. 구단 내부에서 슬레이튼 커쇼, 코일 시거, 작 피터슨과 더불어 트레이드 금지 선수에 포함시킬 정도였다.

만약 박건호를 트레이드시키겠다면 이사회의 승인과 구단주의 최종 결재를 받아야 했다.

제아무리 구단 운영의 전권을 쥐고 있는 앤디 프리드먼 사장이라 하더라도 박건호를 임의의 구단에 팔아넘기거나 혹은 이유도 없이 마이너리그로 강등시킬 수가 없었다.

올 시즌 다저스가 내셔널 리그 승률 1위로 포스트시즌에 진출하자 앤드 프리드먼 사장은 신흥 다저스 왕조를 위해 슬레이튼 커쇼와 박건호의 계약 문제를 완벽하게 해결하겠다고 천명했다. 아울러 항간에 불고 있는 사장 교체 바람을 완벽하게 차단하겠다며 의지를 불태웠다.

마크 월리엄 구단주를 비롯한 이사회도 내부적으로 앤디 프리드먼 사장에게 다시 한번 힘을 실어주기로 뜻을 모았다.

하지만 알렉스 인터폴리스 부사장은 그래서는 안 된다며 목소리를 높였다.

“자네가 앤디보다 낫다는 근거는 뭐지?”

“첫째로 앤디는 건의 가치를 모릅니다. 자신이 저질러 놓은 수많은 악성 계약은 내버려 둔 채 어떻게든 건의 계약을 후려치려 들겠죠. 어디 그뿐입니까? 건이 있으니 슬레이튼 커쇼에게 많은 돈을 줄 필요가 없다고 생각할지 모릅니다. 결과적으로 돈은 아낄 수 있지만 최악의 경우 슬레이튼 커쇼가 옵트 아웃을 행사하고 구단을 떠날지도 모릅니다."

"알렉스, 내가 자네를 좋아하긴 하지만…… 그건 지나친 비약 같은데?"

"그럴 리가요. 작년과 올해 앤디 프리드먼 사장이 유망주를 영입한답시고 지출한 금액이 사치세를 포함해 2억 달러에 달합니다. 하지만 앤디 프리드먼 사장이 데려온 유망주들 중 가시적인 성과를 보여주고 있는 건 야디에르 알베스뿐입니다. 그리고 그 야디에르 알베스를 데려오기 위해 쓴 돈이 자그마치 5천만 달러죠."

"흠……."

"앤디 프리드먼 사장은 계약상 실수한 걸 만회하려 할 겁니다. 그 과정에서 분명 슬레이튼 커쇼와 건의 자존심을 건드리겠죠."

"꼭 그렇다는 보장은 없지 않나."

"그런 일이 생기지 않을 거란 확신도 없죠. 안 그래요?"

"흠……."

마크 윌리엄 구단주가 길게 신음했다. 알렉스 인터폴리스 부사장의 말처럼 앤디 프리드먼 사장이 그런 말도 안 되는 일을 저지를 가능성은 낮아 보였지만 그렇다고 해서 마냥 신뢰하기도 어려운 게 사실이었다.

앤디 프리드먼 사장이 이 자리에 있다면 말도 안 되는 소리를 늘어놓는다며 펄쩍 뛰었을 것이다. 그랬다면 마크 윌리엄 구단주도 앤디 프리드먼 사장을 신임하는 쪽으로 마음이 기울었을 것이다.

하지만 애석하게도 지금 마크 윌리엄 구단주 앞에 서 있는 건 앤디 프리드먼 사장이 아니라 그의 자리를 호시탐탐 노리고 있는, 게다가 자신이 데리고 온 알렉스 인터폴리스 부사장이었다.

"알렉스, 자신 있나?"

마크 윌리엄 구단주가 넌지시 물었다.

그러자 알렉스 인터폴리스 부사장이 힘껏 고개를 끄덕였다.

"맡겨만 주십시오. 건과 슬레이튼 커쇼를 영원한 다저스 맨으로 만들 테니까요."

"만에 하나 일이 잘못된다면?"

"그땐 책임을 지겠습니다. 부사장 자리에서 물러나는 건 물론이고 평생 다저스를 위해 무급으로 일하겠습니다. 어때요?"

"설마 월급을 안 받는다는 핑계로 대충대충 시간만 때울 생각은 아니겠지?"

"하하, 마크. 그런 말도 안 되는 일은 일어나지 않을 테니까 날 한번 믿어보라고요."

마크 윌리엄 구단주는 대답 대신 알렉스 인터폴리스 부사장을 빤히 바라봤다.

깐깐한 인상이라 말없이 바라보면 슬그머니 시선을 피하는 이가 대부분인데 알렉스 인터폴리스 부사장은 특유의 자신만만한 표정으로 자신의 시선을 받아내고 있었다.

"좋아. 어디 한번 해보게."

마크 윌리엄 구단주는 한참 만에 고개를 끄덕였다.

알렉스 인터폴리스 부사장의 호언장담대로 슬레이튼 커쇼와 박건호를 영원히 다저스에 묶어둘 수만 있다면 이사회를 다시 소집하는 번거로움쯤은 얼마든지 감당해 낼 생각이었다.

"현명한 선택이에요, 마크. 대신 지원은 확실히 해줘야 해요. 알았죠?"

알렉스 인터폴리스 부사장이 씩 웃으며 마크 윌리엄 구단주에게 손을 내밀었다. 슬레이튼 커쇼와 박건호의 계약에 관한 전권을 위임받았다 한들 구단에서 금고 문을 닫아버리면 둘을 다저스에 눌러 앉힐 방법이 없었다.

"이거 내가 잘하는 짓인지 모르겠군그래."

마크 윌리엄 구단주가 쓴웃음을 지으며 알렉스 인터폴리스 부사장의 손을 잡았다.

그렇게 야구계 초유의 관심사로 떠오른, 메이저리그 최강 원투펀치의 재계약 문제가 수면 위로 떠올랐다.

마크 윌리엄 구단주로부터 전폭적인 지원까지 약속받은 알렉스 인터폴리스 부사장은 곧장 앤디 프리드먼 사장을 찾아갔다. 그리고 슬레이튼 커쇼와 박건호의 계약 문제에서 손을 떼라고 엄포를 놓았다.

"허, 미쳤군. 다들 제정신이 아니야."

앤디 프리드먼 사장은 마크 윌리엄 구단주의 결정이 이해가 되지 않았다. 구단 운영 전권을 위임받은 자신을 내버려 두고 알렉스 인터폴리스 부사장에게 다저스에서 가장 중요한 두 명의 선수의 계약 문제를 일임한다는 건 자신을 무시한다는 처사나 다름없었다.

하지만 구단 내부 분위기상 마크 윌리엄 구단주에 반기를 들기란 쉽지 않았다. 마크 윌리엄 구단주가 전면에 나서서 계약을 체결한 박건호가 말 그대로 대박을 터뜨렸기 때문이다.

사치세 포함 5천만 달러를 주고 영입한 야디에르 알베스가 올 시즌 준수한 활약을 펼치긴 했지만 사이영 상을 눈앞에 둔 박건호에 비할 정도는 아니었다.

게다가 야디에르 알베스가 불펜을 전전했던 작년, 박건호는 당당히 선발로 전환해 11승을 거두며 신인상을 받아냈다.

작년만 해도 격차가 상당한데 올해 팀 내 위상이 확연히 갈려 버렸으니 앤디 프리드먼 사장으로서도 할 말이 없었다.

당장 구단 운영권을 주장한다면 감사가 들어올 판이니 마크 윌리엄 구단주 뜻대로 박건호와 슬레이튼 커쇼의 계약 문제를 내려놓는 게 최선처럼 보였다.

"어디 마음대로 해봐. 대신 경고 하나 하지. 결코 쉽진 않을 거야."

앤디 프리드먼 사장이 분풀이를 하듯 독설을 쏟아냈다.

알렉스 인터폴리스 부사장은 껄껄 웃으며 사장실을 박차고 나왔다.

그리고 다음 날, 알렉스 인터폴리스 부사장은 아침 일찍부터 인터뷰를 잡았다.

"에이스인 슬레이튼 커쇼의 계약 문제는 어떻게 진행되고 있나요?"

"올해 슬레이튼 커쇼가 옵트 아웃을 행사할지 모른다는 흉흉한 소문이 돌고 있던데요. 글쎄요. 저를 비롯해 다저스의 모든 임직원은 슬레이튼 커쇼를 다른 팀으로 보낼 생각이 전혀 없습니다."

"슬레이튼 커쇼가 옵트 아웃을 포기할 거라고 기대하는 건가요?"

"아뇨, 아닙니다. 계약에 명시된 옵트 아웃은 슬레이튼 커쇼의 고유한 권리입니다. 슬레이튼 커쇼는 지난 5년간 다저스를 위해 최선을 다했습니다. 그리고 지금 건과 함께 다저스의 월드시리즈 우승을 견인하고 있죠. 개인적으로 슬레이튼 커쇼가 옵트 아웃을 행사하는 건 지극히 당연한 결정이라고 생각합니다."

"그렇다면 올해 슬레이튼 커쇼와의 제계약이 이루어질 가능성이 높겠군요?"

"자세한 건 슬레이튼 커쇼의 에이전트와 이야기를 해봐야겠습니다만 선수가 원하면 언제든 협상에 응할 준비가 되어 있습니다."

"슬레이튼 커쇼의 팬으로서 반가운 일인데요. 하지만 슬레이튼 커쇼와 재계약을 한다면 건은 어떻게 되는 건가요?"

"슬레이튼 커쇼와 마찬가지로 건과도 포스트시즌이 끝나는 대로 장기 계약에 대해 이야기할 준비가 되어 있습니다."

"두 선수 모두와 계약을 체결한다고요? 와우, 그럼 어마어마한 지출이 될 텐데요."

"하하. 걱정하지 마세요. 다저스는 그렇게 가난한 구단이 아니니까요. 다저스의 영원한 에이스 슬레이튼 커쇼와 그런 슬레이튼 커쇼가 후계자로 지목한 젊은 에이스 건의 재계약 문제입니다. 이 둘과 함께하는 데 돈을 아낄 수는 없겠죠."

"팬들은 좋아할 이야기입니다만 과연 이사진과 투자자들이 좋아할까요?"

"하하. 그들은 당연히 지갑을 열어야 할 겁니다. 슬레이튼 커쇼와 건, 이 둘이 만들어낼 다저스 왕조의 일원이 되고 싶다면 말이죠."

알렉스 인터폴리스의 인터뷰가 기사화되자 다저스 팬들은 환호성을 내질렀다.

ㄴ그렇지! 바로 이 기사를 기다렸다고!

ㄴ역시 알렉스야! 앤디하곤 다르다니까?

ㄴ멍청이 앤디 이야기는 꺼내지도 마! 그 멍청이가 흥청망청 돈을 쓰지 않았다면 최소한 건은 붙잡을 수 있었을 테니까.

ㄴ그런데 슬레이튼 커쇼와 건, 둘을 모두 붙잡는 게 가능할까?

ㄴ나도 그게 걱정이야. 가장 좋은 건 슬레이튼 커쇼가 옵트 아웃을 포기하고 건과 10년 정도 장기 계약을 맺는 건데 말이야.

ㄴ그건 말도 안 되는 소리지! 어째서 건 때문에 슬레이튼 커쇼가 재계약을 포기해야 하는 건데?

ㄴ맞아. 슬레이튼 커쇼는 서른 살이라고. 게다가 올 시즌

커리어 하이 시즌을 보냈어. 더 좋은 조건으로 재계약을 해주는 게 당연하잖아!

ㄴ그렇게 열 낼 필요 없어. 알렉스의 말처럼 올해 다저스가 월드 시리즈에서 우승한다면 모든 일은 잘 풀릴 테니까.

ㄴ맞아. 우승한 다음에 쓸데없이 연봉만 받아 챙기는 선수들을 싹 다 정리해 버리자고.

ㄴ나는 구단에서 시즌 티켓값을 인상한다 해도 불만 없어.

ㄴ나도 마찬가지야. 슬레이튼 커쇼와 건의 투구를 매번 볼 수만 있다면 그깟 티켓값쯤이야. 차를 팔아서라도 구매하겠어!

순진한 일부 다저스 팬들은 다저스 구단이 슬레이튼 커쇼와 박건호를 붙잡기 위한 노력을 시작했다는 사실을 높이 평가했다.

하지만 대부분의 다저스 팬은 구단의 희망 사항이 현실이 되기란 쉽지 않다며 갑론을박을 늘어놓았다.

ㄴ슬레이튼 커쇼와 건을 붙잡으려면 얼마가 필요할까?

ㄴ일단 중요한 건 슬레이튼 커쇼라고. 건은 여차하면 장기계약을 한 해 미룰 수 있지만 슬레이튼 커쇼는 올해 어떻게든 재계약을 맺어야 해.

ㄴ지난번과 비슷한 계약이면 괜찮을 것 같은데.

ㄴ장난해? 다저스의 영원한 에이스 슬레이트 커쇼라고! 당연히 더 좋은 계약 조건을 제시해야지!

ㄴ슬레이트 커쇼도 내년이면 서른하나야. 나 역시 슬레이트 커쇼와 함께 성장했지만 재계약은 신중하게 진행하는 게 옳을 것 같아.

ㄴ그래도 슬레이트 커쇼 정도면 최소 5년은 꾸준히 활약하지 않을까?

ㄴ나도 같은 생각이야. 5년간 지금의 구위를 유지한다고 가정했을 때 다시 한번 7년 계약을 맺어도 나쁘지 않다고 봐.

ㄴ7년에서 8년 계약에 연평균 3,500만 달러를 준다면 총액이 얼마지?

ㄴ넌 집에 계산기도 없냐? 그런 걸 왜 물어보는 거야?

ㄴ7년이면 2억 5천만 달러 정도. 8년이면 2억 8천만 달러네.

ㄴ거의 3억 달러잖아. 이렇게 되면 건과 장기 계약을 못 하게 되는 거 아냐?

ㄴ거의 3억 달러가 아냐. 슬레이트 커쇼가 연봉 인상을 요구할 경우 3억 달러를 넘어설지도 모른다고.

ㄴ그건 너무 과하잖아!

ㄴ과하긴 뭐가 과하다는 거야? 지난 5년간 슬레이트 커쇼의 성적을 보라고. 슬레이트 커쇼가 없었다면 지금의 다저스

도 존재하지 않았어!

ㄴ맥 그레인키를 봐. 서른둘에 다이아몬드 백스로 가서 연평균 3,400만 달러의 계약을 맺었다고. 맥 그레인키가 3년간 거둔 성적을 봐. 그걸 보면 슬레이튼 커쇼의 몸값을 아끼자는 소리는 절대 나오지 않을걸?

ㄴ슬레이튼 커쇼의 자존심을 세워주려면 못해도 연평균 4천만 달러는 줘야 할 거야.

ㄴ8년에 4천만 달러면 3억 2천만 달러라고!

ㄴ슬레이튼 커쇼는 그만한 가치가 있다니까!

올 시즌 슬레이튼 커쇼의 몸값은 메이저리그 투수들 중 최고였다. 무려 3,557만 달러로 슬레이튼 커쇼와 함께 다저스 최강의 원투펀치를 이루었던 맥 그레인키보다 157만 달러(약 18억)가 더 많았다.

옵트 아웃을 행사하지 않을 경우 슬레이튼 커쇼가 남은 2년간 받게 될 연봉은 7,000만 달러 정도(2019년 3,457만 달러, 2020년 3,557만 달러)였다.

슬레이튼 커쇼를 뛰어넘는 투수가 나오지 않는 한 2020년까지 투수 연봉 1위는 슬레이튼 커쇼의 차지가 될 가능성이 높았다.

그럼에도 슬레이튼 커쇼가 옵트 아웃을 행사한다면 이유는 하나뿐이었다.

보다 나은 대우.

메이저리그 최고 투수로서의 자존심을 세우려는 게 아니라면 굳이 무리해서 옵트 아웃을 행사할 이유가 없었다.

2014년 재계약 당시 언론은 슬레이트 커쇼가 투수 최초로 3억 달러 계약을 눈앞에 두고 있다고 보도했다.

실제 다저스 구단 측에서 종신 계약으로 3억 달러 이상의 조건을 내밀었다는 말들도 나돌았다.

그러나 실제 계약 금액은 예상에 훨씬 못 미치는 2억 1,500만 달러였다.

계약 기간 7년 중 5년째 옵트 아웃을 행사할 수 있다는 조건이 덧붙었다고는 하지만 대부분의 다저스 팬은 슬레이트 커쇼가 다저스를 위해 양보를 해준 것이라고 여기고 있었다.

성에 차지 않는 계약 속에서도 슬레이트 커쇼는 지난 5년간 최고의 활약을 펼쳤다.

2014년 세 번째 사이영 상을 수상했고 2015년과 2017년, 그리고 올해까지 꾸준하게 사이영 상 수상 후보로 이름을 올렸다.

특히나 만 서른이 된 올해는 커리어 하이 시즌을 보내며 최고의 활약을 펼쳤다. 만약 박건호가 없었다면 슬레이트 커쇼의 생에 네 번째 사이영 상 수상이 확실할 정도였다.

그래서 다저스 팬들은 슬레이트 커쇼를 잡기 위해서는 두 가지 조건을 충족시켜야 한다고 입을 모았다.

일단 기념비적인 대형 계약이 필요했다. 기간을 늘리는 한이 있더라도 투수 최초로 3억 달러는 넘겨줘야 슬레이트 커쇼를 만족시킬 수 있을 것 같았다.

아울러 다른 투수들과 격이 다른 대우가 필요했다. 말뿐인 라이벌들과 차별화가 되도록 연평균 4천만 달러 이상을 안겨줘야 슬레이트 커쇼도 체면이 설 터였다.

하지만 다저스의 극성팬들은 그보다 더 중요한 게 있다고 말했다.

ㄴ슬레이트 커쇼와 계약하려면 그전에 건과 장기 계약을 체결해야 해.

ㄴ내 생각도 같아. 일단 건을 붙잡아놓은 다음에 슬레이트 커쇼와 미래에 대해 진지하게 이야기해야겠지.

ㄴ하아, 슬레이트 커쇼도 문제지만 건도 문제야. 이 사랑스러운 녀석에게는 대체 얼마를 줘야 하는 거지?

ㄴ계약 기간을 감안해야겠지만 최소 3천만 달러 아닐까?

ㄴ뭐? 연평균 3천만 달러? 너 미쳤어? 이제 2년 차 투수에게 데이브 프라이스만큼의 돈을 주자고?

ㄴ그게 어때서? 데이브 프라이스는 만 서른 살에 2억 1,700

만 달러 계약을 따냈다고. 하지만 건은 이제 19살이야. 게다가 올해 사이영 상이 유력하고.

ㄴ데이브 프라이스도 2012년 아메리칸 리그 사이영 상을 수상했어! 그리고 건보다 훨씬 많은 승리를 거두었다고!

ㄴ이 멍청아, 데이브 프라이스의 사이영 상과 건의 사이영 상을 똑같다고 보는 거야?

ㄴ리그에서 최고로 활약한 투수에게 주는 상이잖아. 리그 차이는 있다지만 다를 게 뭔데?

ㄴ잘 들어, 멍청아. 올해 슬레이튼 커쇼는 커리어 하이 시즌을 보냈어. 어디 그뿐이야? 컵스의 제이슨 아리에타와 자이언츠의 에디슨 범가너도 자신의 개인 최고 기록을 갈아치웠지. 만약 경쟁자들이 없었다면 다들 사이영 상을 수상했을 만큼 엄청난 시즌을 보낸 거야. 그런데 이들이 누구 때문에 올해 사이영 상을 못 받게 됐는지 알기나 해?

ㄴ바로 건이지.

ㄴ그래! 건은 내셔널 리그 괴물들을 모조리 짓밟고 정상에 올랐다고. 그것도 19살의 나이에 말이야.

ㄴ그런데 건에게 돈을 아끼자는 헛소리를 하는 거야? 너 누구냐? 자이언츠냐?

다저스 팬들은 박건호에게 최소한 3천만 달러 이상의 연봉은 안겨줘야 한다고 입을 모았다.

박건호가 지난 2년간 보여준 성적만으로도 2천만 달러 수준의 계약은 충분하며 나이와 앞으로의 활약상, 그리고 FA 자격 조건을 고려했을 때 3천만 달러 정도는 줘야 협상이 가능할 거라고 내다봤다.

계약 기간에 대해서는 이견이 많았다. 상당수 팬이 10년 이상의 장기 계약을 원했지만 일부 냉정한 팬은 현실적인 가능성이 낮다고 꼬집었다.

최소 5년에 1억 5천만 달러, 최대 7년에 2억 달러.

다저스 내부 사정을 잘 아는 전문가들도 슬레이트 커쇼와의 재계약 문제와 맞물려 생각했을 때 이 정도가 적정선이라고 선을 그었다.

이렇게 계산을 마치고 보자 다저스가 올해 준비해야 할 금액이 어마어마해졌다.

슬레이튼 커쇼를 잡기 위해 필요한 돈이 최소 3억 달러.

박건호와 장기 계약을 위해 준비해야 하는 돈이 최소 1억 5천만 달러.

박건호의 계약 기간을 7년으로 늘리면 필요 총액의 앞자리가 변했다.

무려 5억 달러.

이 정도 금액은 제아무리 다저스라 해도 쉽게 감당하기 어려워 보였다.

그러자 일부 팬은 생각만큼 활약을 펼치지 못하고 있는 선수들을 물고 늘어졌다.

ㄴ마에다 케이타를 트레이드 해버리는 게 어때?

ㄴ뭐? 미쳤어? 마에다 케이타가 없으면 슬레이튼 커쇼와 건 다음에 누굴 내세우라는 거야?

ㄴ류현신이 있잖아. 올해 던지는 거 보니까 마에다 케이타만큼은 해줄 거 같은데?

ㄴ류현신은 부상 경력이 있어서 불안해. 그보다는 차라리 야디에르 알베스를 키우는 게 낫지.

ㄴ마에다 케이타는 확실히 정리하는 게 나을 거 같아. 해를 거듭할수록 구위가 떨어지고 있다고.

ㄴ올 후반기에는 성적이 괜찮지 않았나?

ㄴ그건 포수가 바뀌어서 그런 거야. 오스틴 번이 수비 능력은 야스마니 그린보다 나으니까.

ㄴ타자들 덕분에 승수를 쌓긴 했지만 그래도 3점대 후반의 평균 자책점이야. 이 정도 성적으로는 야디에르 알베스에게 밀리고 말 거야.

극성팬들의 타깃이 된 건 다름 아닌 마에다 케이타였다.

지난 오타니 쇼헤 두둔 사건으로 인해 다저스 팬들의 눈 밖에 난 마에다 케이타는 평균 연봉이 생각보다 많지 않음에도 불구하고 벌써부터 방출 대상 리스트에 이름을 올려 버렸다.

"괜찮습니다. 일부 팬의 의견일 뿐이잖아요."

3차전이 열리던 날 아침, 시애틀 일간지 기자를 통해 자신에 관한 루머를 듣게 된 마에다 케이타는 아무렇지 않은 것처럼 웃어넘겼다.

모렐 허샤이저 감독과의 특별 면담에서도 마에다 케이타는 투구에 아무 문제가 없다고 자신했다.

그러나 경기 결과는 나빴다.

5이닝 13피안타 5실점.

몸 쪽으로 던지는 공은 절반 이상 한가운데로 몰리면서 장타 하나 없이 단타로만 5점을 내주고 말았다.

반면 오랜 기다림 끝에 마운드에 오른 매리너스의 에이스, 펠리스 에르난데스는 7이닝 동안 2점만 내주며 다저스 타선을 윽박질렀다.

이후 등판한 불펜 투수들도 여섯 개의 아웃 카운트를 깔끔하게 잡아내며 매리너스의 월드시리즈 역사상 첫 승리를 지켜냈다.

"홈 관중들 앞에서 승리를 할 수 있어서 기쁩니다. 다들 다저스가 월드시리즈에서 우승할 거라고들 말하죠. 하지만 월드시리즈는 이제부터가 시작입니다. 슬레이튼 커쇼? 건? 하하. 매리너스에게는 킹 펠리스와 오타니 쇼헤가 있습니다. 우린 결코 다저스에게 월드시리즈를 양보할 생각이 없습니다."

경기가 끝난 후 매리너스의 스캇 서바이브 감독은 홈 3연전을 통해 월드시리즈의 분위기를 바로잡겠다고 큰소리를 쳤다.

4차전 선발로 슬레이튼 커쇼가 예상되지만 눈 하나 까딱하지 않았다. 사흘을 쉬고 원정 경기에 선발 등판하는 슬레이튼 커쇼보다 충분한 휴식을 취하며 홈경기를 준비해 왔던 오타니 쇼헤 쪽이 더 승산이 있다고 판단한 것이다.

물론 주요 언론과 전문가들은 아직까지도 다저스가 유리한 분위기라고 전망했다.

"4차전은 매리너스 입장에서도 충분히 해볼 만할 겁니다. 휴식일을 떠나 올 시즌 슬레이튼 커쇼의 원정 경기 성적은 홈경기만큼 좋지 않았으니까요. 반면 오타니 쇼헤는 홈에서 상당히 강했죠."

"매리너스가 4차전을 잡는다 해도 5차전이 문제입니다. 건이 나올 텐데 이와쿠마 하사시로는 승산이 없어요."

"5차전에서 3승 2패로 몰리면 그다음은 다시 LA 원정입니다. 6차전 선발은 마에다 케이타지만 7차전에서 다시 슬레이튼 커쇼를 상대해야 해요."

"승부가 7차전까지 간다면 다저스가 확실히 유리할 겁니다. 홈에서 건 다음으로 압도적인 성적을 냈던 슬레이튼 커쇼와 원정에서 죽을 쒔던 오타니 쇼헤의 리턴 매치가 될 테니까요."

"그래도 월드시리즈에서 넬슨 크로스가 우익수 출장을 마다하지 않으면서 매리너스 타선이 다시 견고해졌다는 건 중요한 변수가 될 수 있습니다."

"확실히 넬슨 크로스가 있는 것과 없는 것의 차이는 크죠. 하지만 넬슨 크로스라 하더라도 슬레이튼 커쇼와 건이 버티고 있는 다저스 마운드를 홀로 무너뜨리진 못할 겁니다."

33장
30년의 기다림(2)

전문가들은 매리너스의 홈 반격이 이루어질 경우 월드시리즈가 7차전까지 진행될지 모른다고 예상했다.

하지만 모렐 허샤이저 감독은 그렇게 아슬아슬하게 우승을 하고 싶지 않았다.

“4차전 선발은 류현신입니다.”

3차전의 아쉬움이 아직 남아 있던 자정 무렵. 모렐 허샤이저 감독이 충격 발표를 했다. 슬레이튼 커쇼를 대신해 4차전에 류현신을 선발 등판시키겠다는 것이었다.

ㄴ뭐야? 대체 무슨 소릴 하는 거야?

ㄴ슬레이튼 커쇼를 대신해 류현신이라니. 제정신인 거야?

처음 소식을 접한 다저스 팬들은 당혹감을 감추지 못했다. 3차전을 잡아내고 월드시리즈 우승까지 한 경기만 남았다면 또 모르겠지만 시리즈 스코어는 2승 1패였다. 4차전마저 내준다면 홈 2연승의 의미가 사라질 수 있었다.

하지만 전문가들은 모렐 허샤이저 감독이 승부수를 띄운 것이라고 분석했다.

"모렐 허샤이저 감독이 4차전을 포기했습니다."

"물론 류현신이 호투를 펼쳐서 오타니 쇼헤를 잡아낼 가능성도 없지는 않지만 현실적으로 봤을 때는 매리너스가 월드시리즈 통산 두 번째 승리를 차지할 확률이 높아 보입니다."

"만약 모렐 허샤이저 감독이 아무런 대책 없이 4차전에 류현신을 투입했다면 저 역시도 미친 짓이라고 말했을 겁니다. 하지만 4차전에 류현신을 집어넣으면서 다저스의 마운드는 훨씬 더 견고해졌습니다."

"반면 매리너스는 월드시리즈를 뒤집을 수 있는 유일한 가능성이 사라진 느낌입니다. 홈경기라고 하지만 5차전에서 4일간 충분히 휴식을 취하고 나온 슬레이튼 커쇼를 상대하기란 결코 쉽지 않을 겁니다."

"5차전 선발이 이와쿠마 하사시니까요. 이와쿠마 하사시의 홈경기 평균 자책점은 3점대 중반입니다. 슬레이튼 커쇼의 원정 평균 자책점보다 높죠."

"예상대로 다저스가 5차전을 잡아내면 결국 승부는 6차전에서 결정이 날 겁니다."

"킹 펠리스와 슈퍼 건의 맞대결이네요."

"월드시리즈를 7차전까지 보고 싶은 한 사람으로서 킹 펠리스를 응원해야겠지만, 글쎄요. 만약 누군가 내기를 걸라고 한다면 곤란하겠어요."

"하하. 킹 펠리스가 아메리칸 리그 최고의 투수 중 한 명이라는 사실을 부정할 사람은 아무도 없을 겁니다. 하지만 상대는 건이에요. 올해 반짝 활약을 펼친 것뿐이라고 하더라도 현존하는 메이저리그 최고의 투수입니다. 게다가 건이 가장 강했던 홈경기예요."

"어쩌면 모렐 허샤이저 감독은 6차전 홈경기에서 월드시리즈를 끝내고 싶었는지도 모르겠습니다."

"만약 건이 포스트시즌에서 조금이라도 부진한 모습을 보여줬다면 반전 시나리오를 한번 예상했을 겁니다. 하지만 생에 첫 월드시리즈 선발 경기에서 노히트노런을 기록하고 다시 홈경기에 등판한 건을 누가 막을 수 있을까요?"

"매리너스 타선을 1번부터 9번까지 넬슨 크로스로 전부 채운다 하더라도 쉽지 않을 겁니다."

"하하. 그렇게 되면 매리너스는 수비에서 와르르 무너지겠죠."

"그나마 매리너스가 기대할 수 있는 최고의 시나리오라면 홈 시리즈를 전부 잡아내는 겁니다. 그렇게 되면 슬레이트 커쇼와 건이 없는 7차전을 맞이할 수 있습니다."

생각지도 못한 변칙 선발 소식을 전해 들은 매리너스의 스캇 서바이브 감독은 차라리 잘됐다며 호탕하게 웃어댔다.

"모렐 허샤이저 감독이 현명한 결정을 내렸습니다. 상승세에 있는 팀을 상대로 맞부딪치는 건 능사가 아니죠. 때로는 몸을 낮추고 기회를 엿볼 필요가 있습니다. 오타니 쇼헤가 슬레이트 커쇼를 꺾는 모습을 매리너스 팬들에게 보여주지 못해서 아쉽지만 상관없습니다. 5차전에서 가용 가능한 모든 투수를 등판시켜 슬레이트 커쇼를 무너뜨릴 테니까요."

4차전은 쉴 만큼 쉰 오타니 쇼헤에게 온전히 맡길 생각이었다.

그리고 홈 마지막 경기인 5차전이 끝나면 하루의 휴식일이 주어진다.

6차전에는 긴 이닝을 소화해 줄 수 있는 에이스 펠리스 에르난데스가 출격하는 만큼 스캇 서바이브 감독은 킹 펠리스의 뒤를 받쳐 줄 불펜 투수와 마무리 투수 일부를 남겨놓고 전부 5차전에 투입할 생각이었다.

슬레이트 커쇼를 물량으로 막아내는 데 성공한다면 설사 6차전에서 패배한다 하더라도 오타니 쇼헤를 앞세워 7차전에서 다저스를 꺾을 수 있을 것 같았다.

"하아……. 이건 뭐, 난 동네북이네."

여론을 살피던 류현신이 무겁게 한숨을 내쉬었다.

월드시리즈가 시작되기 직전에 모렐 허샤이저 감독의 부름을 받고 특별 임무를 부여받았을 때만 하더라도 다저스의 월드시리즈 우승이 자신의 손에 달려 있는 것만 같았는데 돌아가는 분위기를 보니 다들 다저스가 내준 경기쯤으로 여기는 모양이었다.

그러자 박건호가 멋쩍게 웃으며 류현신을 다독였다.

"설마 그렇겠어요? 15승 투수인데요."

올 시즌 류현신의 성적은 15승 9패. 평균 자책점 3.35.

4월까지만 해도 류현신의 상승세는 무서웠다.

5경기에 선발 등판해 3승에 평균 자책점 1.50.

박건호와 슬레이트 커쇼만 없었더라도 내셔널 리그 4월 월간 MVP 수상이 가능할 정도의 호성적이었다.

하지만 5월 평균 자책점이 4.02(누적 평균 자책점 3.44)로 치솟으면서 위기가 찾아왔다.

박건호와 슬레이트 커쇼를 비롯해 다저스 선발 투수들 대부분이 크고 작은 부진에 빠지면서 류현신의 위기가 크게 부각되진 않았지만 전문가들은 류현신의 어깨와 팔꿈치에 다시 문제가 생겼을지도 모른다고 걱정하기도 했다.

4월의 호투 여파로 릴리스 포인트가 전반적으로 높아졌다고 판단한 류현신은 투구 밸런스를 잡는 데 집중했다.

그리고 이후 6경기에서 7경기 연속 퀄리티스타트 행진을 펼치며 전반기 평균 자책점을 3.14까지 낮추는 데 성공했다.(7승 4패)

주요 언론들은 류현신의 전반기 평점으로 B+를 주었다. 성적만 놓고 보자면 A를 줘도 상관없으나 슬레이튼 커쇼와 박건호라는, 어마어마한 성적을 거둔 투수들과 비교했을 때 활약이 미비(?)했다는 감점이 더해졌다.

거기에 덧붙여 후반기에는 전반기만큼의 성적을 내긴 어려울 것이라는 냉정한 예상이 뒤따랐다.

전문가들의 예상대로 류현신은 후반기 15경기에 선발 등판해 8승 5패, 평균 자책점 3.58을 기록했다.

승수는 전반기에 비해 더 높아졌지만 그건 타격 상승세와 맞물린 영향이 컸다.

마에다 케이타가 후반기에 오스틴 번과 짝을 이루며 성적을 바짝 끌어올리면서 3선발로 올라서서 포스트시즌 선발 등판을 노려보겠다던 류현신의 계획도 수포로 돌아가고 말았다.

상황이 이렇다 보니 언론이 류현신을 임시 선발 정도로 여기는 것도 무리는 아니었다.

하지만 박건호는 경험 많은 류현신이 언론의 전망처럼 일방적으로 무너지지는 않을 것이라고 굳게 믿었다.

"형, 제가 처음 오타니 쇼헤하고 맞붙었을 때 기억해요?"

"아, 그거?"

"네. 그땔 생각해 보세요. 지금보다 더했으면 더했지 덜하진 않았으니까요."

"하긴. 그땐 다들 네가 이렇게까지 무서운 투수로 성장할 것이라고 예상하지 못했으니까."

"솔직히 저 그때 이 악물고 던진 거 알죠?"

"그랬냐?"

"다들 날 우습게 여기니까 화가 나더라고요. 그래서 두고 보자 하는 심정으로 던졌죠."

박건호는 지금껏 누구에게도 말하지 않았던 그 날의 심정을 털어놓았다.

그러자 류현신이 이해한다며 고개를 끄덕였다.

"뭔지 알 것 같아. 나도 이글스 시절에 그런 적 많았거든."

"그러니까 형, 이번 기회에 제대로 보여줘요. 원조 코리안 몬스터의 저력을 말이에요."

박건호의 등장 이후 코리안 몬스터라는 별명은 박건호에게 넘어간 지 오래였다.

팬들은 코리안 몬스터보다 슈퍼 건이나 스마일 건이라는 애칭을 더 좋아하지만 언론에서는 심심찮게 박건호의 이름 앞에 코리안 몬스터라는 별명을 집어넣곤 했다.

그러나 아직도 대부분의 한국 팬에게 코리안 몬스터는 류현신이었다.

"짜식. 그래, 좋아. 어디 한번 해보자."

류현신이 애써 마음을 다잡았다. 그리고 당당하게 세이코 필드 마운드에 올랐다.

류현신의 등장에 매리너스 팬들은 기쁨을 감추지 못했다.

"정말 류가 올라왔잖아?"

"하하, 이거 다저스에게 선물을 받은 기분인데?"

"그러게 말이야. 류의 올 시즌 성적이 어떻게 되지? 5승은 했나?"

"내가 알기로 평균 자책점이 5점대일걸?"

매리너스 팬들은 류현신이 아직도 부상의 악령에서 벗어나지 못하고 있다고 착각했다. 그러다 전광판에 류현신의 성적이 떠오르자 다들 약속이나 한 것처럼 입을 다물어버렸다.

"뭐야, 저 녀석. 제법 잘했잖아?"

"다저스잖아. 올 시즌 다저스 성적이 얼마나 좋은지 잊은 거야?"

"다른 걸 떠나서 평균 자책점을 보라고. 오타니 쇼헤의 상대가 되지 않아."

"어차피 많은 점수는 필요 없어. 딱 3점이면 충분하다고."

매리너스 선수들은 생각 이상으로 좋은 류현신의 성적에 동요하지 않았다. 어찌 됐건 다저스에서 버린 카드라며 어렵지 않게 잡아낼 수 있는 대상이라고 여겼다.

그러나 류현신은 3회까지 세 이닝 연속 삼자범퇴를 이끌어내며 매리너스를 당혹시켰다.

4회 2사 2루 상황에서 4번 타자 넬슨 크로스에게 투런 홈런을 허용하긴 했지만 이후 6회까지 단 2개의 안타만 내준 채 6이닝 4피안타 2실점으로 호투를 하고 마운드를 내려갔다.

―류현신! 4번 타자 넬슨 크로스를 삼진으로 돌려세우고 이닝을 끝마칩니다.

―바깥쪽으로 예리하게 떨어지는 체인지업에 넬슨 크로스의 방망이가 헛돌았습니다.

―앞선 타석에서는 바로 저 공에 홈런을 맞았는데요. 대단한 배짱입니다.

―아직 전성기 때만큼의 구속과 구위를 회복하지 못하고 있지만 경험이 풍부한 선수니까요. 어떻게 하면 타자들의 방망이를 끌어낼 수 있을지 본능적으로 알고 있을 겁니다.

―하지만 애석하게도 전광판의 점수는 달라지지 않고 있습니다. 여전히 2 대 0인데요.

―류현신이 예상 밖의 호투를 펼치고 있지만 다저스 타선이 오타니 쇼헤를 좀처럼 공략하지 못하고 있습니다.

류현신이 투구를 마칠 때까지 오타니 쇼헤는 아메리칸 리그 사이영 상급 피칭을 이어갔다. 피안타와 사사구를 각각 1개씩 내주는 동안 탈삼진을 9개나 잡아냈다.

매리너스 중계진도 오타니 쇼헤가 2차전에서 박건호에게 당했던 수모를 고스란히 되갚아주고 있다며 흥분을 감추지 못했다.

그러나 7회에 접어들면서 잘 던지던 오타니 쇼헤가 흔들리기 시작했다. 지나치게 탈삼진에 욕심을 부린 게 투구 수 증가로 이어지면서 구속과 구위가 떨어지고 만 것이다.

코일 시거부터 시작된 7회 초 공격에서 다저스는 3안타를 몰아쳐 한 점을 만회했다. 그리고 9회 초 1사 이후 에이든 곤잘레스가 오타니 쇼헤의 몰린 공을 잡아당겨 담장 밖으로 넘기면서 승부를 원점으로 되돌려 놓았다.

"젠장할!"

다 잡은 승리를 놓친 오타니 쇼헤는 평정심을 잃었다. 그리고 안승혁은 그 틈을 놓치지 않았다.

따악!

노 스트라이크 투 볼 상황에서 97mile/h(≒156.1㎞/h)의 포심 패스트볼이 몰리듯 들어오자 안승혁이 망설이지 않고 방망이를 내돌렸다.

그리고 다시 한번 담장 밖으로 타구를 넘겨 버렸다.

—아아아아아안!

—넘어갔습니다! 다저스! 9회에 승리를 원점으로 돌려놓습니다!

박건호를 비롯해 다저스 동료들은 극적인 동점 홈런을 때려낸 안승혁을 격렬하게 환영했다.

이때까지만 해도 4차전 역시 다저스가 가져가는 것처럼 보였다.

하지만 이어지는 2사 2루 기회를 후속 타자들이 살리지 못하면서 경기는 9회 말로 이어졌다. 그리고 2사 이후에 타석에 들어선 넬슨 크로스가 구원 등판한 야디에르 알베스의 초구를 잡아당기면서 치열했던 경기의 마침표를 찍었다.

최종 스코어 3 대 2.

2승으로 앞서가던 시리즈가 2승 2패로 균형을 맞췄다.

아쉬운 패배 속에서도 다저스 선수단의 분위기는 담담했다. 에이스인 슬레이튼 커쇼를 내세워 분패했다면 충격이 컸겠지만 모렐 허샤이저 감독의 손에는 여전히 슬레이튼 커쇼 카드가 남아 있었다.

반면 매리너스 선수들은 필요 이상으로 흥분하고 기뻐했다. 마치 오늘이 월드 시리즈에서 즐길 수 있는 마지막 축제라도 되는 것처럼 샴페인까지 터뜨려 대며 홈 팬들과 승리를 함께했다.

경기가 끝나고 모렐 허샤이저 감독은 마크 윌리엄 구단주로부터 전화를 받았다.

모렐 허샤이저 감독은 어느 정도 질책을 각오하고 수화기를 들었다.

하지만 마크 윌리엄 구단주는 모렐 허샤이저 감독의 판단을 적극 지지한다는 뜻을 밝혔다.

-모렐, 설사 우리 뜻대로 시리즈가 끝나지 않아도 상관없소. 지금처럼만 다저스를 이끌어주시오. 그리고 필요한 건 뭐든 말하시오. 내가 도와줄 수 있는 건 뭐든 도와줄 테니까.

모렐 허샤이저 감독은 우스갯소리로 제이슨 아리에타나 에디슨 범가너를 사달라고 말했다.

그러자 마크 윌리엄 구단주가 잠시 뜸을 들이더니 긍정적으로 검토해 보겠다는 답을 주었다.

"하하. 아닙니다, 마크. 다저스는 충분히 강해요. 그러니 걱정하지 말고 월드 시리즈를 즐겨주세요. 6차전. 내 예상이 맞다면 6차전에서 우승 트로피를 들어 올릴 테니까요."

4차전의 여운이 끝나지 않은 상황에서 5차전의 아침이 밝았다.

매리너스의 선발 투수는 예상대로 이와쿠마 하사시였다.

포스트시즌에서 구위가 좋지 않은 이와쿠마 하사시를 대신해 아리엘 미린다 카드를 꺼내 들지 모른다는 소문이 나돌았지만 홈에서 대반격에 성공했다는 자신감 때문일까.

스캇 서바이브 감독은 이와쿠마 하사시 카드를 밀어붙였다.

이에 맞서 다저스는 예정대로 슬레이튼 커쇼를 선발 등판시켰다.

—운명의 5차전입니다.

—만약 오늘 경기마저 매리너스가 잡아낸다면 다저스를 궁지에 몰아넣을 수 있게 되는데요.

—확실히 오늘 경기를 잡아낸다면 6차전에 킹 펠리스, 7차전에 오타니 쇼헤를 내세울 수 있게 되겠죠.

—하지만 다저스가 홈에서 승률이 워낙 좋았으니까요. 게다가 오늘 경기도 냉정하게 말하자면 다저스 쪽이 조금 더 유리하다고 봐야 할 것 같습니다.

—나흘을 푹 쉬고 에이스를 마운드에 올렸으니까요.

—관건은 이와쿠마 하사시가 얼마나 잘 버텨주느냐일 텐데요.

—어제 경기 매리너스가 극적인 역전승을 거두긴 했습니다

만 타선은 생각만큼 터져 주지 않았습니다. 다저스의 선발이 슬레이트 커쇼라는 걸 감안한다면 3점 이상은 기대하기 어려울 것 같은데요.

–그렇다면 이와쿠마 하사시는 2점 이하로 다저스 타선을 틀어막아야 할 겁니다. 그것도 최대한 오랜 이닝을 버티면서 말이죠.

–다행히도 이와쿠마 하사시 역시 나흘을 푹 쉬고 마운드에 올랐으니까요. 지난 챔피언십 시리즈 때보다는 조금 더 나은 구위를 보여주리라 기대합니다.

경기 중계를 맡은 콕스 TV 중계진은 이와쿠마 하사시가 얼마나 버텨주느냐에 따라 5차전의 승패가 갈릴 것이라고 내다봤다.

선발로 마운드에 오른 이와쿠마 하사시도 매리너스의 최초 우승을 위해 헌신하겠다는 각오로 마운드에 올랐다.

그리고 그 각오는 마음가짐에서 끝나지 않았다. 최고 구속 87mile/h(≒140.0km/h)의 포크볼을 적극적으로 활용하며 다저스 타자들의 타이밍을 빼앗아 냈다.

5회까지 내준 피안타는 단 2개. 사사구는 단 하나도 없었다.

무엇보다 고무적인 건 선두 타자 출루를 허용하지 않았다는 점이다. 매 이닝 첫 타자를 잡아내다 보니 다저스 벤치도 이렇다 할 작전을 내지 못했다.

공격만 놓고 보자면 어제 경기를 다시 보는 듯한 느낌마저 들었다.

그러나 모렐 허샤이저 감독은 조급해하지 않았다. 이와쿠마 하사시의 눈부신 역투를 잠재울 만큼 슬레이튼 커쇼가 마운드를, 아니, 경기를 지배하고 있었기 때문이다.

―슬레이튼 커쇼! 또다시 삼진을 잡아냅니다. 오늘 경기 벌써 8개째 삼진!

―정말 대단하네요. 슬레이튼 커쇼, 매리너스 타자들을 힘으로 찍어 누르고 있습니다.

5회 말에도 마운드에 오른 슬레이튼 커쇼는 6번 타자 진 세그라를 시작으로 7번 타자 아담 리드, 8번 타자 마이클 주니노를 연속 삼진으로 돌려세우며 에이스로서의 위용을 과시했다.

5회까지 1루에 내보낸 타자는 단 두 명. 1회 초 레오나르도 마틴이 기습 번트를 성공시키고 4회 초 로빈슨 카누가 느린 커브에 몸을 가져다 대 1루를 밟은 게 전부였다.

똑같이 두 번의 출루를 허용했지만 슬레이튼 커쇼와 이와쿠마 하사시의 투구 기록표는 전혀 달랐다.

5회를 끝마친 상황에서 이와쿠마 하사시가 잡아낸 삼진은 단 3개에 불과했다. 올 시즌 9이닝당 6개 정도의 탈삼진을 기록했으니 특별히 적은 수는 아니었다.

문제는 투구 수였다. 6회 초가 시작되지 않았는데도 벌써 93구를 던졌다. 철저하게 유인구로 타자들을 상대하는 과정에서 풀카운트 승부를 5번이나 펼친 게 화근이었다.

반면 슬레이튼 커쇼는 오늘따라 빛을 발하는 커브를 앞세워 투구 수를 아꼈다.

5회까지 투구 수는 68구.

이닝당 13.6구로 최소 7이닝은 거뜬하게 막아줄 만한 페이스였다.

6회 초.

다저스의 공격이 시작되자 매리너스 벤치는 고심에 빠졌다.

"바꿔야 합니다."

팀 보거트 벤치 코치는 투수 교체를 주장했다. 이와쿠마 하사가 한계 투구 수인 90구를 넘긴 상황에서 6회를 맡기는 건 무리라고 판단했다.

그러나 스캇 서바이브 감독은 고개를 저었다. 투구 수가 많긴 했지만 이와쿠마 하사시는 아직까지 단 하나의 정타도 허용하지 않고 있었다.

게다가 6회 다저스의 타순은 9번 타자부터 시작이었다.

포스트시즌에서 완벽하게 수비형 포수로 전락해 버린 오스틴 번을 잡아내고 이와쿠마 하사시의 포크볼에 좀처럼 대응하지 못하고 있는 작 피터슨과 마이클 리드까지 처리해 준다면 7회 중심 타선을 상대로 불펜을 투입할 수 있었다.

"이번 이닝까지만 맡겨보자고."

"그러다 장타를 얻어맞을지도 모릅니다."

"아직 분위기는 팽팽해. 괜히 투수를 바꿨다간 분위기가 바뀔지 모른다고."

스캇 서바이브 감독의 고집 속에 이와쿠마 하사시는 6회 초에도 마운드에 올랐다.

"후우, 감사합니다."

대기 타석에서 초조한 얼굴로 기다리고 있던 오스틴 번이 안도의 한숨을 내쉬었다. 그러고는 타석에 들어서서 방망이를 단단히 움켜쥐었다.

"떨어지는 공을 받아치겠다고 생각해서는 안 돼. 보다 간결하게 앞쪽에서 때리자."

오스틴 번은 팀 하이스 타격 코치의 조언대로 타석의 앞쪽에 들어섰다.

이와쿠마 하사시가 박건호처럼 100mile/h(≒160.9km/h)을 넘나드는 빠른 공을 던지는 투수라면 또 모르겠지만 오늘 경기 최고 구속이 91mile/h(≒146.5km/h)에 그친 만큼 빠른 공에도 충분히 대처가 될 것이라 여겼다.

'역시. 벤치에서 작전이 나온 모양이로군.'

오스틴 번의 타석 위치를 확인한 포수 마이클 주니노가 고개를 주억거렸다. 5회 들어 무브먼트가 줄어든 포크볼 대신에 포심 패스트볼로 승부를 보는 편이 낫다고 판단했다.

하지만 이와쿠마 하사시는 일본 투수를 대표하는 구종인 포크볼을 포기할 생각이 눈곱만큼도 없었다.

'이제 와서 포심 패스트볼이라니. 투구 수를 아껴야 해. 방망이를 끌어내야 한다고.'

바깥쪽 포심 패스트볼 사인이 나오자 이와쿠마 하사시가 생각할 것도 없다며 고개를 저었다. 다시 몸 쪽 포심 패스트볼 사인이 나왔지만 이와쿠마 하사시의 표정은 달라지지 않았다.

'젠장할.'

잠시 고심하던 마이클 주니노가 몸 쪽으로 떨어지는 포크볼 사인을 냈다. 제대로 떨어지기만 한다면 오스틴 번의 방망이를 끌어내 땅볼을 유도할 수 있는 코스였다.

문제는 마이클 주니노가 원하는 만큼 공이 제대로 춤을 춰주느냐는 점이었다.

'제발, 이와쿠마! 여기서 얻어맞으면 안 돼!'

오스틴 번의 몸 쪽으로 붙어 앉으며 마이클 주니노가 단단히 미트를 들어 올렸다. 그 미트를 향해 이와쿠마 하사시가 힘차게 투구판을 박차고 나갔다.

후앗!

이와쿠마 하사시의 손끝을 빠져나간 공이 살짝 가운데로 몰리듯 날아들었다.

평범한 포심 패스트볼이었다면 장타를 피하기 어려운 코스였다. 하지만 포크볼이니 무브먼트에 따라 충분히 효과적인 공이 될 수도 있었다.

'젠장. 애매한데…….'

오스틴 번은 잠시 망설였다. 몰리듯 들어오는 공이 앞선 타석 때처럼 홈 플레이트 앞쪽에서 뚝 하고 떨어져 내릴 것만 같았다.

하지만 춤을 춰야 할 타이밍이 지났는데도 공이 곧장 날아들자 오스틴 번은 이를 악물고 방망이를 내돌렸다.

'크아악! 될 대로 되라!'

빠르게 허리춤을 빠져나온 오스틴 번의 방망이와 공이 한 점에서 만났다.

그리고.

따악!

요란한 소리와 함께 외야로 쭉 뻗어 나갔다.

—쳤습니다! 타구가 좌익선상 쪽으로 떨어집니다.

—아, 코스가 좋은데요? 오스틴 번, 2루까지 들어갈 수 있

을 것 같습니다.

–좌익수 기에르모 에레라. 타구를 잡았습니다. 그리고 곧장 2루를 향해 공을 던지는데요!

–아쉽게도 송구가 빗나갔네요. 오스틴 번! 오늘 경기 처음으로 장타를 신고합니다.

젖 먹던 힘까지 내달려 2루에 살아 들어간 오스틴 번이 3루측 더그아웃을 향해 두 팔을 뻗었다.

그러자 다저스 선수들이 기다렸다는 듯이 함성을 내질렀다.

"오스틴!"

"이 자식! 잘했어!"

"크아아! 오스틴이 해냈어! 오스틴이 해냈다고!"

"이제 끝났어. 여기서 리드를 잡는 거야!"

잔뜩 흥분한 다저스 더그아웃과는 달리 매리너스 더그아웃은 침묵에 휩싸였다.

6회 초. 이제 막 경기 후반으로 넘어가려는 상황에서 무사 2루 위기가 찾아왔으니 함부로 숨소리조차 내기 어려웠다.

"스캇! 지금이라도 바꿔야 해요!"

팀 보거트 벤치 코치는 다시 한번 투수 교체를 요구했다. 무사 2루에 상위 타선으로 연결이 되었다. 작전만으로도 한 점 정도는 충분히 뽑아낼 수 있는 상황이었다.

그러나 스캇 서바이브 감독은 이번에도 고개를 흔들어 댔다.

“아직 아니야. 이와쿠마 하사시를 한번 믿어보자고.”

“스캇!”

팀 보거트 코치가 언성을 높여봤지만 달라지는 건 아무것도 없었다.

그사이 타석에 1번 타자 작 피터슨이 들어왔다.

작 피터슨은 타석을 고르며 슬쩍 3루 쪽을 바라봤다. 무사 2루인 만큼 벤치에서 뭔가 작전이 나왔을 거라고 생각했다.

하지만 크리스 우드 3루 코치는 적극적으로 휘두르라는 사인을 냈다. 벤치에서 팀 내 4번 타자 자리를 노리는 작 피터슨의 클러치 능력을 믿고 가기로 결정을 내린 것이다.

그런 줄도 모르고 매너리스 내야진은 전진 수비에 들어갔다. 첫 번째 아웃 카운트를 잡아낼 때까지는 어떻게든 오스틴 번을 2루에 묶어둬야만 했다.

“후우…….”

작 피터슨을 대신해 길게 한숨을 내쉬며 마이클 주니노가 조심스럽게 사인을 냈다.

초구는 몸 쪽으로 낮게 떨어지는 포크볼.

낮은 코스를 좋아하는 작 피터슨의 방망이를 끌어낼 수만 있다면 1, 2루 방면으로 땅볼을 유도하는 게 가능했다.

사인을 확인한 이와쿠마 하사시가 고개를 주억거렸다. 그리고 등 뒤에 선 오스틴 번을 한참 동안 노려본 뒤 마이클 주니노의 미트를 향해 힘껏 공을 내던졌다.

후앗!

이와쿠마 하사시의 손을 빠져나간 공이 곧장 작 피터슨의 몸 쪽으로 파고들었다.

그러자 작 피터슨이 망설이지 않고 방망이를 내돌렸다. 하지만 작 피터슨의 예상보다 일찍 춤을 추기 시작한 공은 홈 플레이트에 도착하기도 전에 뚝 하고 떨어져 내렸다. 작 피터슨이 이를 악물며 팔을 쭉 뻗어봤지만 공은 방망이 끝에도 닿지 못했다.

너무 일찍 바운드된 공에 당황한 건 작 피터슨만이 아니었다. 마이클 주니노도 예상치 못한 공의 무브먼트에 제대로 블로킹을 해내지 못했다.

툭! 투둑!

마이클 주니노의 가랑이 사이를 빠져나간 공이 그대로 백네트까지 굴러갔다. 마이클 주니노가 다시 공을 잡아들었을 때는 이미 오스틴 번이 3루까지 내달린 뒤였다.

–마이클 주니노, 공을 빠뜨리고 맙니다.

–하아, 아쉬운 포구였습니다. 이와쿠마 하사시의 공이 너무 앞쪽에서 떨어지긴 했습니다만 제때 블로킹만 했어도 오

스틴 번이 3루로 뛰는 걸 막을 수 있었을 텐데요.

–마이클 주니노의 아쉬운 플레이가 매리너스를 최악의 상황으로 몰아넣습니다.

무사 2루가 무사 3루로 변하자 매리너스 내야수들은 베이스 라인 밑으로 수비 위치를 옮겼다. 그 정도의 압박으로 다저스의 득점 기회를 무산시키기란 쉽지 않겠지만 지금은 할 수 있는 모든 걸 다 할 수밖에 없었다.

'까짓거, 넘겨 버리면 그만이잖아. 안 그래?'

내야를 쭉 훑어보던 작 피터슨이 슬쩍 입가를 비틀어 올렸다. 그러고는 2구째 바깥쪽을 파고든 포심 패스트볼을 가볍게 밀어쳐 좌익선상에 떨어지는 타구를 만들어냈다.

–작 피터슨! 1루를 돌아 2루까지 달립니다!

–기에르모 에레라! 공을 곧장 2루로 내던지는데요!

–아아, 이번에도 송구가 빗나갑니다.

–기에르모 에레라, 조금만 침착했더라도 승부가 됐을 텐데 아쉽습니다.

좌익수 기에르모 에레라의 송구 실수를 틈타 작 피터슨은 다시 2루에 안착했다.

"뭐야? 아직도 안 끝났어?"

긴장감을 참지 못하고 잠시 화장실을 다녀왔던 관중 하나가 달라진 게 전혀 없는 그라운드를 보며 고개를 갸웃거렸다. 그러다 친구가 말없이 전광판을 가리키자 그제야 환호성을 내지르며 좋아했다.

작 피터슨의 적시타로 홈을 밟은 오스틴 번도 가쁜 숨을 몰아쉬며 박건호와 손뼉을 부딪쳤다.

"잘했어, 오스틴."

"후우, 이제 좀 살 것 같다."

"이러다 오늘 경기 MVP 되는 거 아냐?"

"하하, 그럴 리가. 내가 MVP가 되려면 슬레이튼 커쇼가 마운드를 내려가 줘야 할걸?"

"그래? 그럼 잠깐 기다려 봐. 내가 커쇼한테 가서 부탁해 볼 테니까."

"됐어. 농담이야. 난 월드 시리즈에서 슬레이튼 커쇼의 공을 받는 것만으로도 행복하다고."

월드 시리즈가 시작됐을 때 오스틴 번은 한 가지를 소원했다.

바로 선발 출장해 슬레이튼 커쇼의 공을 받는 것.

언론에서는 오스틴 번을 다저스의 주전 포수로 인정하는 분위기였지만 여전히 슬레이튼 커쇼의 파트너는 야스마니 그린이었다.

별다른 이유는 없었다.

지난 몇 년간 그래 왔고 야스마니 그린과의 호흡에 익숙하니 슬레이튼 커쇼가 특별히 포수를 바꾸려 들지 않았던 것이다.

하지만 지난 월드 시리즈 2차전에서 오스틴 번과 박건호가 호흡을 맞춰 노히트노런을 이끌어내면서 상황이 달라졌다.

슬레이튼 커쇼는 모렐 허샤이저 감독을 찾아가 오스틴 번과 호흡을 맞추고 싶다고 말했다. 야스마니 그린에게는 미안한 일이지만 더 이상 박건호에게 뒤처지고 싶지 않았던 것이다.

모렐 허샤이저 감독은 야스마니 그린을 6번 타자 겸 지명타자로 배치했다. 그리고 선발 포수로 오스틴 번을 호명했다.

덕분에 오스틴 번은 올 시즌 처음으로, 그것도 월드 시리즈에서 슬레이튼 커쇼와 호흡을 맞출 수 있게 됐다.

그런데 받을 가능성조차 낮은 경기 MVP를 위해 슬레이튼 커쇼를 강판시키자니.

"난 오늘 슬레이튼 커쇼의 공을 9회까지 받을 거야. 그러니까 건 너도 쓸데없는 소리 말라고. 알았어?"

오스틴 번이 단단히 으름장을 놓았다.

그 모습을 지켜보던 슬레이튼 커쇼가 슬쩍 입가를 비틀어 올렸다.

2

전광판의 스코어는 1 대 0.

매리너스의 공격이 네 차례나 남은 상황에서 고작 한 점의 리드는 별것 아니게 느껴질지도 몰랐다.

하지만 정작 양 팀 더그아웃의 분위기는 완전히 엇갈렸다.

"좋아! 좋아!"

"이번 기회에 쓸어버리자고!"

마치 승리를 앞둔 것처럼 들뜬 다저스 선수들과.

"젠장. 미치겠군."

"이제 이기려면 두 점을 뽑아야 하잖아."

벌써부터 진 것처럼 앓는 소리를 내대는 매리너스 선수들.

고작 1 대 0의 점수 차이를 10 대 0으로 만들어버린 건 다름 아닌 다저스의 영원한 에이스, 슬레이튼 커쇼의 존재감이었다.

–매리너스, 더 이상의 실점은 위험합니다.

–지금이라도 투수를 바꿔야 할 텐데요.

–불펜에서 에반 스크립트가 다급히 몸을 풀고 있는데요.

–당장 마운드에 올리는 건 아무래도 어려울 것 같습니다.

–이와쿠마 하사시, 이제 2번 타자 마이클 리드를 상대해야 합니다.

—마이클 리드에게서 아웃 카운트를 빼앗아 낸다면 일단 한 숨 돌릴 수 있을 텐데요.

—마이클 리드, 오늘 앞선 두 타석에서 전부 2루수 땅볼에 그쳤습니다.

—이와쿠마 하사시의 포크볼에 제대로 대응하지 못하는 모습이었는데요. 세 번째 타석은 어떨지 지켜봐야겠습니다.

콕스 TV 중계진의 말이 끝나기가 무섭게 중계 카메라가 타석을 비췄다. 타석에는 마이클 리드가 방망이를 짧게 움켜쥔 채로 홈 플레이트 쪽에 바짝 붙어서 있었다.

"저 녀석, 널 따라 하는 거 같은데?"

마이클 리드를 바라보던 박건호가 오스틴 번을 바라봤다.

그러자 오스틴 번이 당연하다며 턱을 들어 올렸다.

"오늘 이와쿠마 하사시를 궁지로 몰아넣은 첫 번째 타자가 누구지?"

"그야…… 네 녀석이지."

"후후, 이건 자연스러운 현상 같은 거라고."

"현상?"

"그래, 말하자면 오스틴 번 따라잡기 같은 거라고나 할까?"

오스틴 번이 뻔뻔한 얼굴로 말했다.

그 말이 어찌나 어이가 없던지 박건호는 웃음조차 나오지 않을 정도였다.

그러나 정작 마이클 리드는 오스틴 번의 앞선 타석에 상당한 감명을 받은 상태였다.

만약 벤치에서 번트 사인이 나왔다면 마이클 리드는 군말 없이 2루 주자 작 피터슨을 3루로 보냈을 것이다.

하지만 벤치는 이번에도 아무런 작전을 내지 않았다. 다저스를 월드 시리즈까지 끌고 온 타자들에게 모든 걸 맡기기라도 하려는 것처럼 화려한 위장 사인들만 늘어놓았다.

이 상황에서 마이클 리드가 본받아야 하는 타자는 작 피터슨이 아니라 오스틴 번이었다.

스스로를 1번 타자답지 않은 장타력을 갖춘, 다저스의 프랜차이즈 스타 중 한 명인 작 피터슨보다는 부족한 타격 능력 때문에 투수들이 만만하게 보지만 결정적인 순간에 하나씩 해주는 오스틴 번에 더 가깝다고 생각했기 때문이다.

"저 자식이."

마이클 리드가 오스틴 번을 흉내 내듯 굴자 이와쿠마 하사시의 얼굴이 벌겋게 달아올랐다. 그렇지 않아도 오스틴 번에게 2루타를 얻어맞았다는 충격이 남아 있는데 그 상처를 마이클 리드가 다시 헤집고 있으니 도저히 평정심을 유지하기 어려웠다.

후앗!

이와쿠마 하사시의 초구가 곧장 마이클 리드의 몸 쪽을 파고들었다. 홈 플레이트에 바짝 붙어 선 애송이의 버릇을 고치기 위한 마음이 반, 자신을 도발해 봐야 좋을 게 없다는 분노가 반쯤 깔린 공이었다.

그런데 그 공이 지나치게 몸 쪽으로 말려들면서 마이클 리드의 옷자락을 스치고 말았다.

“맞았어요! 맞았다고요!”

재빨리 몸을 피하던 마이클 리드가 옷자락을 흔들며 소리쳤다.

그러자 구심이 고개를 끄덕이고는 1루로 가라는 사인을 냈다.

그 순간 스캇 서바이브 감독이 더그아웃을 박차고 구심에게 달려 나왔다.

“지금 뭘 하자는 거야?”

“맞았어요.”

“맞긴 뭘 맞아? 눈이 삔 거야?”

“맞았다고요. 맞은 걸 안 맞았다고 할 수 없잖아요.”

구심이 슬쩍 고개를 들어 전광판을 바라봤다. 때마침 전광판에는 이와쿠마 하사시의 몸 쪽 공이 마이클 리드의 유니폼을 스치는 듯한 모습이 리플레이 되었다.

물론 그 영상은 두 번 다시 재생되지 않았다. 매리너스에 불리한 영상을 세이코 필드에서 보여줄 이유가 없었다.

하지만 콕스 TV 중계 화면에는 마이클 리드의 사구가 정당했다는 이유들이 여러 각도를 통해 재생되고 있었다.

–맞았죠?

–정확하게 말하자면 스친 거겠죠.

–이건 구심이 모를 리가 없습니다.

–솔직히 눈으로는 확인하기 어렵겠죠. 하지만 소리는 분명 들었을 겁니다.

–사구 판정이 나왔을 때 포수인 마이클 주니노가 고개를 숙이는데요. 이 모습을 봤다면 스캇 서바이브 감독도 마이클 리드가 맞았다는 사실을 알아챘을 겁니다.

–네, 알고 나왔을 겁니다. 그렇게라도 시간을 끌어야 투수를 바꿀 수 있을 테니까요.

–아아, 말씀드리는 순간 스캇 서바이브 감독. 마운드에 올라 이와쿠마 하사시로부터 공을 받아냅니다.

스캇 서바이브 감독이 3분 정도 의미 없는 항의를 이어가는 동안 불펜에서 에반 스크립트의 준비가 끝났다는 연락이 왔다.

팀 보거트 벤치 코치는 즉시 더그아웃 입구로 나와 스캇 서바이브 감독에게 신호를 주었다.

그러자 구심을 잡아먹을 듯 으르렁거리던 스캇 서바이브 감독이 씩 웃더니 구심의 어깨를 두어 번 두드리고는 곧장 투수 교체를 선언했다.

이 일련의 상황들이 콕스 TV 중계 카메라를 통해 재구성됐다.

–스캇 서바이브 감독, 역시 노련합니다.

–다저스 팬들에게는 비난을 받겠지만 팀을 위해서 영리한 결정을 내렸습니다.

–문제는 에반 스크립트가 이 위기를 극복해 내느냐는 점인데요.

–1 대 0으로 뒤진 가운데 무사 1, 2루 상황입니다. 3번 타자 코일 시거를 땅볼로 유도할 수만 있다면 일단 한숨 돌리게 될 텐데요.

–좌타자를 상대로 강한 모습을 보이고 있는 에반 스크립트의 투구를 기대해 봐야 할 것 같습니다.

콕스 TV 중계진은 기대감을 높였다. 월드 시리즈의 향방이 달린 5차전의 승부처에서 투수가 바뀌었으니 제아무리 코일 시거라 하더라도 적시타를 때려내기란 쉽지 않을 거라 내다봤다.

중계진의 예상대로 에반 스크립트는 초구와 2구, 95mile/h(≒152.9㎞/h)의 포심 패스트볼을 스트라이크존에 꽂아

넣으며 코일 시거를 압박했다.

하지만 3구째 내던진 승부구 커터가 거의 한복판으로 몰리고, 코일 시거가 그 공을 놓치지 않고 받아치면서 경기에 일찌감치 마침표를 찍어버렸다.

—넘어갔습니다! 홈런! 코일 시거! 다저스에게 다시 한번 리드를 안깁니다!

—스코어 4 대 0. 매리너스. 이제 6차전을 걱정해야 할 시점이 왔습니다!

"크아아아!"

잰걸음으로 다이아몬드를 돌며 코일 시거가 크게 포효했다.

마운드에 서 있던 에반 스크립트가 발끈하며 코일 시거에게 욕지거리를 쏟아냈지만 코일 시거를 비롯한 다저스 선수들은 누구도 에반 스크립트를 상대해 주지 않았다.

34장
월드 시리즈의 사나이

1

코일 시거의 홈런을 시작으로 다저스 타선이 폭발했다.

에이든 곤잘레스와 안승혁이 연속 안타로 출루했고 오스틴 번에게 주전 포수 자리를 빼앗긴 야스마니 그린이 담장을 직격하는 2타점 2루타를 때려내며 점수를 6 대 0까지 벌려버렸다.

이후에도 다저스 타자들은 이닝마다 추가점을 올리며 세이코 필드를 절망 속에 빠뜨렸다.

그러나 정작 매리너스 팬들을 답답하게 만든 건 무너진 마운드가 아니라 슬레이튼 커쇼에게 꽁꽁 틀어 막힌 타자들이었다.

슬레이튼 커쇼는 7회까지 매리너스 타선을 상대로 단 3개의 피안타만 허용했다.

투구 수는 92구. 분위기상 1이닝 정도는 더 던질 수 있었지만 모렐 허샤이저 감독은 8회부터 불펜을 가동했다. 11 대 0으로 벌어진 경기에서 더 이상 에이스인 슬레이튼 커쇼를 고생시킬 필요가 없다고 판단한 것이다.

슬레이튼 커쇼의 뒤를 이은 캐빈 베드로시안과 코리 에지는 1이닝씩을 나눠 맡으며 다저스와 슬레이튼 커쇼의 승리를 지켰다.

최종 스코어 13 대 0.

다저스가 연패 끝에 3승째를 거두며 월드 시리즈 우승에 한 발 더 다가가게 됐다.

경기 직후 각 방송사들은 전문가들을 불러놓고 월드 시리즈의 향방에 대해 떠들어 댔다.

"슬레이튼 커쇼도 잘 던졌지만 오늘 경기는 전략의 승리로 봐야 할 것 같습니다."

"전적으로 동의합니다. 모렐 허샤이저 감독이 슬레이튼 커쇼의 등판을 하루 늦춘 게 주효했다고 생각합니다."

"슬레이튼 커쇼도 이제 30대에 접어들었습니다. 포스트시즌이니 어쩔 수 없다고는 하지만 아무래도 3선발 체제는 경기를 거듭할수록 지칠 수밖에 없습니다."

"만약 어제 경기에 슬레이트 커쇼를 내보내고 오늘 경기에 건이 올라왔다면 어땠을까요? 개인적인 생각일지는 모르겠지만 사흘을 쉬고 나온 슬레이트 커쇼라면 오늘처럼 잘 던지지는 못했을 것 같습니다. 만약 슬레이트 커쇼를 4차전에 내세우고도 경기 경과가 달라지지 않았다면 그 부담은 고스란히 건이 짊어져야 했을 겁니다."

"설사 휴식일이 부족했다 하더라도 슬레이트 커쇼와 건이 쉽게 난타를 당할 것 같진 않지만 경우에 따라서는 스캇 서바이브 감독이 원하는 그림대로 흘러갔을지 모릅니다."

"4차전 패배 이후 다저스 선수들을 만나봤는데 누구 하나 5차전에 대해 걱정하지 않았습니다. 다들 내일은 이길 수 있을 거라고 말하더라고요."

"슬레이트 커쇼는 신뢰할 수 있는 에이스니까요. 오늘 경기에 슬레이트 커쇼가 등판한다는 사실만으로도 타자들은 패배의 아쉬움을 잊을 수 있었을 겁니다."

전문가들은 모렐 허샤이저 감독의 결정이 신의 한 수였다고 평가했다. 3차전에 이어 4차전까지 내줄 때만 하더라도 무모했던 게 아니냐는 우려가 나돌았지만 5차전, 슬레이트 커쇼를 앞세워 매리너스의 상승세를 완전히 꺾어버리는 전략은 전문가들의 감탄을 자아내게 만들 정도였다.

“어쨌든 이제 무대가 LA로 바뀌게 됐습니다.”

“홈에서 정말 강했던 다저스에게 유리한 판이 만들어진 셈이죠.”

“게다가 선발이 건입니다.”

“그냥 건이 아니죠. 다저스 스타디움에서는 그야말로 슈퍼 건입니다.”

“지난 2차전에서는 아쉽게 퍼펙트게임을 놓쳤는데요. 이번 등판은 정말 기대가 됩니다.”

“매리너스 선발도 킹 펠리스인데요. 매리너스의 승리를 예상하는 분은 아무도 없는 건가요?”

“하하. 펠리스 에르난데스는 위대한 투수입니다. 오타니 쇼헤를 영입하며 마운드가 안정됐다고는 하지만 펠리스 에르난데스가 꾸준한 활약을 펼쳐 주지 못했다면 매리너스는 와일드카드 결정전에 진출하지도 못했을 겁니다.”

“킹 펠리스가 얼마나 대단한 투수인지에 대한 이야기라면 그 누구도 이견을 제시하지 않을 겁니다. 하지만 상대가 건이죠. 올 시즌, 건은 정말 괴물 같은 활약을 펼쳤습니다.”

“솔직히 말해 킹 펠리스가 아니라 온전한 슬레이튼 커쇼를 하루 매리너스에 임대한다 하더라도 내일 경기에서 건이 패배할 것 같지 않습니다.”

“슬레이튼 커쇼의 팬들이 가만있지 않을 거 같은데요?”

"비유가 지나쳤을지는 모르겠지만 적어도 상식적인 팬들이라면 제가 무슨 말을 하고 싶어 하는지 충분히 이해했으리라 생각합니다."

박건호와 펠리스 에르난데스가 맞붙는 6차전을 두고 대다수 전문가가 다저스의 손을 들었다. 6차전이 타격전 양상으로 흐를 거라고 생각하는 전문가는 단 한 명도 없었다. 3점 차 이내 박빙의 승부가 펼쳐질 거라 예상하는 이가 대부분이었다.

큰 것 한 방이면 뒤집힐 수 있는 경기라면 결국 선발 투수의 역량이 무엇보다 중요했다.

ㄴ그렇다면 킹 펠리스지.

ㄴ당연한 거 아냐?

ㄴ박건호는 가서 엄마 젖이나 더 먹고 오라고그래.

ㄴ2차전은 운 좋게 노히트노런을 달성했을지 모르겠지만 6차전은 어림없다고.

매리너스 팬들은 펠리스 에르난데스가 에이스로서 팀을 위기에서 구원해 줄 것이라 굳게 믿었다.

큰 경기에서 강하고 에이스급 투수를 상대로 평소보다 더 힘을 내는 펠리스 에르난데스의 스타일상 박건호와 맞붙더라도 충분히 승산이 있을 것이라고 판단한 것이다.

하지만 다저스 팬들은 매리너스 팬들이 박건호를 깎아내리는 것 자체가 말이 안 된다고 코웃음을 쳤다.

ㄴ킹 펠리스? 대체 언제 적 이야기를 하고 있는 거야?

ㄴ그런데 왜 펠리스 에르난데스가 킹 펠리스인 거지? 매리너스가 챔피언십 시리즈에서 우승한 건 이번이 처음이잖아. 안 그래?

ㄴ펠리스 에르난데스가 킹 펠리스로 불리는 건 어린 시절부터 압도적인 모습을 보여주었기 때문이라고. 매리너스의 성적과는 관련 없어.

ㄴ그렇게 따지면 이제 왕좌에서 내려와야 하지 않을까?

ㄴ맞아. 펠리스 에르난데스는 지금껏 단 한 번도 20승을 넘긴 적이 없다고. 통산 평균 자책점도 3점대야. 반면 건은 19살의 나이에 사이영 상을 눈앞에 두고 있지. 통산 평균 자책점은 말할 필요도 없고 말이야.

ㄴ자, 킹. 이제 왕관을 내놓으라고요.

ㄴ하하. 정말 건이 킹 펠리스를 퇴위시켜 버렸으면 좋겠어.

ㄴ좋겠어가 아니라 그렇게 될 거야. 그건 걱정할 필요조차 없다고.

ㄴ모렐 허샤이저 감독이 슬레이튼 커쇼와 건의 등판을 한 차례씩 미룬 이유가 뭔지 알아? 바로 6차전에서 건을 마운드

에 올려서 월드 시리즈 우승을 차지하기 위해서라고.

ㄴ이거 진짜야. 나 아는 사람이 다저스 코치인데 모렐 허샤이저 감독이 정말 그렇게 말했다고 하더라고.

ㄴ우리 삼촌이 모렐 허샤이저인데 그런 말 한 적 없다던데? 이 멍청아?

ㄴ어쨌든 우린 다른 걱정할 필요 없이 느긋하게 경기를 지켜보면 돼.

ㄴ건이 다저스를 우승으로 이끌 거라는 점은 의심의 여지가 없어. 내 관심은 오로지 건의 또 다른 대기록 작성뿐이라고.

ㄴ대기록? 설마 이번에는 퍼펙트게임을 말하는 거야?

ㄴ못할 건 없잖아? 저스트 터너의 멍청한 실수만 없었더라도 건은 이미 월드 시리즈 두 번째 퍼펙트 피처가 됐을 거야.

ㄴ이 바보야. 건은 애당초 월드 시리즈 최초의 노히트노런을 노렸어. 그걸 저스트 터너가 욕먹을 각오를 하고 도운 거야.

ㄴ다 필요 없어, 건! 6차전에서 매리너스 타자들을 퍼펙트로 틀어막으라고!

월드 시리즈의 무대가 시애틀에서 LA로 다시 옮겨지는 내내 야구팬들은 박건호와 펠리스 에르난데스의 맞대결에 관심을 집중했다.

오죽했으면 5차전의 영웅이라 불리는 슬레이튼 커쇼조차 더 이상 입에 올리지 않을 정도였다.

"이건 완전히 건 시리즈로구만."

"내 말이 그 말이야. 여기서도 건 저기서도 건. 정말 내 영어가 짧았다면 미국에서 전쟁이라도 났다고 착각했을 거라니까?"

기사들을 살피던 오스틴 번과 안승혁이 입술을 삐죽거렸다.

지난 5차전에서 오스틴 번은 결승 득점을 포함해 2안타 1사사구로 세 차례 출루를 달성하며 대승에 일조했다.

안승혁도 2루타 하나와 홈런 하나를 때려내며 중심 타자로서의 존재감을 유감없이 보여주었다.

하지만 웹상에 범람하는 기사들은 더 이상 5차전을 추억하지 않고 있었다.

"나, 올겨울에 투수로 전향할까 봐."

안승혁이 투정을 부리듯 말했다.

마운드에 서지 않은 지 제법 시간이 지나긴 했지만 중학교 1학년 때까지만 해도 제법 촉망받는 좌완 유망주였다. 지금도 공을 던질 기회만 주어진다면 90mile/h(≒144.8km/h) 정도는 너끈히 던질 수 있을 것 같았다.

그러자 오스틴 번도 나쁘지 않은 생각이라며 고개를 끄덕였다.

"좋아. 같이 하자."

"뭐? 너도?"

"왜 이래? 나도 마이너리그에서 마운드에 오른 경험이 있다고."

"헐, 마이너리그?"

"그러는 너는 얼마나 대단한 공을 던지는데 그래?"

"크흠, 뭐 적어도 너보단 잘 던지겠지."

"그럼 이번 겨울에 보자고. 누가 더 잘 던지는지 말이야."

"좋아. 지는 사람이 자신의 야구 애장품 중 가장 좋은 거 내놓기다."

"콜. 나중에 딴소리 마라."

박건호에 대한 부러움에서 시작한 투정이 볼썽사나운 맞대결로까지 번졌다.

그 사실을 마이클 리드가 냉큼 박건호에게 전했다.

하지만 박건호는 대수롭지 않다는 표정을 지었다.

"내버려 둬. 원래 애들은 싸우면서 크는 거야."

"애들? 안은 너하고 동갑이고 오스틴은 너보다 나이가 많잖아?"

"나이만 많으면 뭐 해? 하는 짓이 애들인데. 마이클, 너도 걔들하고 놀지 말고 연습하고 또 연습해. 알았지?"

"그럼. 난 언제나 최선을 다하고 있다고."

마이클 리드는 진지한 얼굴로 고개를 끄덕였다. 코앞에서 거드름을 피우며 훈계를 늘어놓는 박건호가 자신보다 두 살이나 어렸지만 마이클 리드는 눈곱만큼도 기분 나쁘게 생각하지 않았다.

메이저리그에서 실력은 곧 서열이다. 존경받을 만한 커리어가 있다면 몰라도 박건호보다 늦게 메이저리그에 올라온 마이클 리드에게 있어 박건호는 영원히 쫓아가야 할 목표나 다름없었다.

"좋아, 마이클. 가능하면 딱 20년만 센터 라인을 책임져 달라고. 난 네가 내 등 뒤에 있어야 안심이 되거든."

박건호가 씩 웃으며 마이클 리드의 어깨를 두드렸다.

그러자 마이클 리드가 얼굴을 붉히며 고개를 주억거렸다.

'짜식, 순진하단 말이지.'

잠시 마이클 리드를 바라보던 박건호가 고개를 돌려 모니터를 바라봤다.

모니터 화면에는 지난 월드시리즈 2차전의 영상이 떠올라 있었다.

"그런데 건, 이걸 왜 보는 거야?"

"그야 공부하려고 보는 거지."

"이 경기에서 너 노히트노런을 해냈잖아. 그런데 이걸로 공부를 한다고?"

마이클 리드가 고개를 갸웃거렸다. 매리너스 타자들에 대한 정보가 필요하다면 단 하나의 안타도 때려내지 못했던 2차전보다 타격감이 올라왔던 3차전이나 4차전을 보는 편이 훨씬 더 도움이 될 것 같았다.

하지만 박건호가 동영상을 통해 얻고 싶은 건 그런 게 아니었다.

지난 2차전을 준비하면서 매리너스 타자들에 대한 분석은 끝낸 지 오래였다. 설사 부족한 점이 있다 하더라도 그 누구보다 열성적으로 데이터를 분석하는 오스틴 번이 포수석에 앉아 있으니 걱정할 필요는 없었다.

그럼에도 박건호가 굳이 2차전 영상을 다시 찾아보는 이유는 따로 있었다.

'좋아, 좋아. 멋져. 아주 좋아.'

매너리스 타자들을 삼진으로 돌려 세울 때마다 박건호는 흐뭇한 표정을 지었다. 자신이 내던진 공을 전혀 맞혀내지 못하는 타자들을 보고 있으니 자연스럽게 자신감이 솟구쳤다.

'그래, 나는 내 공만 던지면 되는 거야. 내가 상대해야 하는 건 매너리스 타자들이지 킹 펠리스가 아니니까.'

박건호는 자신의 투구 영상에 푹 빠져들었다. 9회 마지막 아웃 카운트를 잡아내고 노히트노런을 달성하는 감동적인 모습을 보고는 자신도 모르게 눈시울을 붉히기까지 했다.

하지만 그 모습을 말없이 지켜보던 마이클 리드는 박건호의 감정을 제멋대로 오해해 버렸다.

'역시. 건도 아쉬웠던 거야. 퍼펙트게임을 놓친 걸.'

마이클 리드는 조용히 자리에서 일어났다. 그러고는 여전히 말도 안 되는 입씨름을 하고 있는 오스틴 번과 안승혁을 찾아갔다.

"우리 내일 경기, 엄청 잘해야 할 것 같아."

"그야 당연하지."

"우승이 걸렸잖아."

"아니, 그게 아니라 실은 말이야……."

마이클 리드가 자신이 보고 들은 것에 잔뜩 살을 붙여 전했다. 그러자 안승혁과 오스틴 번이 부질없는 싸움을 멈추고는 한쪽에 치워두었던 자료를 집어 들었다.

"흠, 흠. 내가 어디까지 봤더라?"

"야, 그거 내 거야. 네 건 저쪽에 던져뒀잖아."

"내가 언제 던져뒀냐? 그냥 가만히 놔둔 거지."

"아까 휙 하고 던지는 거 내가 봤거든?"

입으로 투덜거리면서도 안승혁과 오스틴 번은 눈을 움직여 부지런히 자료를 훑었다.

이미 보고 보고 또 본 자료들이라 반쯤은 외울 정도였지만 박건호가 퍼펙트게임을 달성하지 못해 몸을 부들부들 떨었다는데 동료로서 가만있을 수가 없었다.

"좋아. 그렇다면 나도……."

마이클 리드도 남아 있는 자료를 제 앞으로 가지고 왔다. 그리고 분주하게 자료들을 훑기 시작했다.

2

"내가 왜 킹 펠리스인지를 보여주겠습니다."

월드시리즈 6차전 당일. 매리너스 출입 기자들 앞에서 펠리스 에르난데스가 선전포고를 했다.

하지만 정작 박건호는 시큰둥한 반응이었다.

"그래서요?"

오히려 소감을 묻는 기자에게 뚱한 얼굴로 되묻기까지 했다.

선발 등판을 할 때면 살짝 신경이 날카로워지는 박건호를 대신해 슬레이튼 커쇼가 기자들 앞에 나섰다.

"펠리스 에르난데스가 정말 그런 이야기를 했나요?"

"그렇다니까요? 매리너스 쪽 기자들이 그 이야기를 꺼내며 오늘 경기 만만치 않을 거라고 으름장을 놓더라고요."

"하하. 그럼 오늘 경기 보나 마나겠네요."

"왜 그렇게 생각하는데요?"

"자, 저길 보세요. 건은 평소와 다름없어요. 아마 오늘이 월드시리즈 6차전인 것도, 오늘 경기를 이기면 월드시리즈에서 우승한다는 것도 모르고 있을걸요? 하지만 펠리스 에르난데스는 벌써부터 건을 의식하고 있다고요."

"생각해 보니 그렇네요."

"만약 펠리스 에르난데스가 날 상대로 그런 이야기를 했다면 나도 보기 좋게 받아쳤을 겁니다. 펠리스 에르난데스의 이름 앞에서 킹 자를 떼버리겠다고 말이죠."

"그렇다면 볼만했겠는데요?"

"하지만 건은 그런 말에 일일이 대응할 이유가 없을 겁니다."

"왜죠?"

"펠리스 에르난데스와 난 같은 시대를 공유하고 있습니다. 물론 펠리스 에르난데스가 우리의 시대를 겪은 모든 투수 중 최고인지에 대해서는 확답을 내리기 어려울 겁니다. 하지만 펠리스 에르난데스가 킹 펠리스라는 별명이 어울릴 만큼 뛰어난 활약을 펼쳤다는 점은 충분히 인정합니다. 내가 봐 왔고 또 겪어왔으니까요."

"하지만 건은 다르다는 거죠?"

"그렇죠. 펠리스 에르난데스와 내가 지난 10년간 메이저리그를 이끌어 왔다면 건은 앞으로 10년간 메이저리그를 지배할 위대한 재능을 가진 투수입니다. 그런 건에게 내가 왕년에

잘나갔어라고 들먹거려 봐야 소용없어요.”

“존중의 방식이 틀렸다는 말이군요?”

“건에게 존중을 받고 싶다면 마운드 위에서 보여주면 됩니다. 이봐, 어린 친구. 내가 비록 전성기는 지났지만 아직 쓸 만하다고. 그럼 건은 언제고 그때를 회상하며 이렇게 말하겠죠. 펠리스 에르난데스요? 대단했어요. 전성기를 지난 시점에서 맞붙었는데 정말 팽팽하게 싸웠거든요. 그때 알았죠. 펠리스 에르난데스가 왜 킹 펠리스인지를 말이에요.”

“그 이야기는 나중에 건에게 그렇게 평가받고 싶다는 뜻으로 이해해도 될까요?”

“하하. 물론이에요. 다저스 선수로서 내 바람이 다저스의 월드 시리즈를 이끄는 것이라면 한 명의 투수로서 내 바람은 건이라는 위대한 에이스에게 인정받는 것이니까요.”

슬레이튼 커쇼의 진솔한 인터뷰는 편집을 거친 뒤 ESPM을 통해 경기 전 애피타이저로 방영됐다.

그러자 다저스 팬들이 기다렸다는 듯이 채팅을 쏟아냈다.

ㄴ방금 슬레이튼 커쇼의 인터뷰 봤어?

ㄴ역시 에이스다워. 건을 대신해 킹 펠리스를 완전히 깔아뭉개 줬다고.

ㄴ나도 같은 생각이야. 슬레이튼 커쇼가 형처럼 건을 보호

해 주고 있는 느낌이 들었어.

ㄴ그렇게만 생각한다면 슬레이튼 커쇼의 인터뷰를 제대로 보지 않은 거라고. 슬레이튼 커쇼가 하고 싶은 말은 건이 새로운 시대를 열 테니 두고 보라는 것이었어.

ㄴ바로 그거야! 슬레이튼 커쇼가 자신의 뒤를 이을 새로운 메이저리그 에이스의 탄생을 공언한 거라고!

ㄴ만약 오늘 경기에서 건이 지난 2차전 때처럼 압도적인 피칭을 선보인다면 슬레이튼 커쇼의 예언은 실현될 거야.

ㄴ생각해 보라고. 한 시즌에 25승을 거두는 어마어마한 슈퍼 에이스가 있어. 그런데 월드 시리즈에서도 흔들리지 않고 상대를 격침시켜 버린다면 어떨 거 같아?

ㄴ그런 완전무결한 에이스야말로 진정으로 한 시대를 지배했다 할 만하지.

ㄴ걱정 마. 오늘 경기에서 바로 그 위대한 에이스를 보게 될 테니까.

채팅창이 무섭게 올라가는 동안 일련의 식전 행사가 끝이 났다.

그리고 다저스 팬들의 기대 속에 경기가 시작됐다.

슥, 스윽.

마운드에 오른 박건호는 가장 먼저 흙을 골랐다. 구장 관리인들이 정성을 다해 잘 다져 놓았지만 투구 시 제대로 힘을 쓰기 위해서는 자신의 체형에 맞게 마운드를 다시 다질 필요가 있었다.

"이 정도면 됐어."

디딤발의 위치를 꼼꼼히 체크한 뒤 박건호는 마운드 뒤편으로 내려가 스파이크에 박힌 흙을 털어냈다. 그리고 로진백을 힘껏 움켜쥔 뒤 손에 묻은 로진 가루를 길게 불어냈다.

"후우……!"

비산하는 흰 가루 너머로 1루 측 더그아웃이 보였다. 진회색의 유니폼을 착용한 매너리스 선수들의 얼굴이 왠지 모르게 칙칙하게 보였다.

"잠들 못 잤냐?"

박건호는 피식 웃었다. 슬레이튼 커쇼의 조언대로 2차전 노히트노런 동영상을 여러 차례 돌려봐서인지는 모르겠지만 매너리스 선수들이 왠지 모르게 반갑게 느껴졌다.

아니, 지난 2차전이 서스펜디드 게임이 되면서 다음 날 이어서 경기를 하는 것 같은 기분마저 들었다.

"자, 이제 10회 초를 시작해 볼까?"

박건호는 제멋대로 1회 초를 10회 초로 명명했다. 그런 줄도 모르고 선두 타자로 나선 레오나르도 마틴은 박건호가 월드시리즈 6차전에 대한 부담을 갖길 바랐다.

'루키잖아. 월드시리즈 우승이 걸린 오늘 같은 경기에 아무렇지 않을 리가 없다고.'

경기 전 스캇 서바이브 감독은 선수들을 모아놓고 6차전의 중요성에 대해 역설했다. 오늘 경기만 잡아내면 다저스를 꺾고 매리너스 창단 이래 첫 우승을 차지할 수 있다고 침을 튀기며 떠들어 댔다.

물론 6차전에서 박건호를 꺾는다고 해서 7차전에서 매리너스가 승리한다는 보장은 어디에도 없었다.

하지만 선발 투수의 비중만 놓고 보자면 충분히 가능한 시나리오처럼 느껴졌다.

7차전 선발 투수에 대해 모렐 허샤이저 감독은 아직 아무런 말도 하지 않았다.

그러나 전문가들은 2선발로 시즌을 시작했던 마에다 케이타가 선발 등판할 가능성이 높다고 점쳤다. 4차전에서 활약했던 류현신이 깜짝 선발로 발탁될 확률도 없지는 않지만 사흘 휴식 후 마운드에 올라야 한다는 점에서 류현신보다는 마에다 케이타 쪽에 조금 더 유력하다고 내다봤다.

이에 맞서는 매리너스의 선발 투수는 오타니 쇼헤. 지난 4차전에서 아쉽게 승리를 놓치긴 했지만 오타니 쇼헤가 제 컨디션만 유지해 준다면 마에다 케이타나 류현신, 둘 중 누가 나오더라도 승산은 충분해 보였다.

오타니 쇼헤를 앞세워 중반까지 두 점 차 이상 리드한다면 설사 경기 후반에 슬레이튼 커쇼가 짧게 마운드에 오른다 하더라도 경기 결과를 뒤집긴 어려울 터.

그렇게만 된다면 매리너스는 스캇 서바이브 감독의 호언장담대로 창단 첫 월드시리즈 우승 트로피를 들어 올리게 될 것이다.

그것도 다저스 팬들이 지켜보는 가운데 말이다.

레오나르도 마틴은 가능하다면 그 위대한 시나리오를 자신이 주도하고 싶었다. 지난 2차전에서 박건호에게 철저히 농락당한 걸 만회하기 위해서라도 어떻게든 첫 타석에 출루를 할 생각이었다.

'포심 패스트볼을 노리자.'

레오나르도 마틴이 방망이를 단단히 움켜쥐었다. 지난 2차전에서 최고 구속 104mile/h(≒167.3km/h)까지 나왔던 박건호의 포심 패스트볼은 노리고 친다고 해서 때려낼 수 있는 구종이 아니었지만 제아무리 박건호라 하더라도 그때의 컨디션을 계속해서 유지하긴 어려울 것이라고 판단했다.

하지만 불펜 피칭을 통해 박건호의 컨디션을 점검한 오스틴 번은 속으로 코웃음을 쳤다.

'포심을 치겠다고? 좋아. 어디 한번 쳐 보라고.'

오스틴 번이 사인 없이 미트를 들어 올렸다. 그것도 한복판

높은 코스에 미트를 고정해 버렸다.

"뭐야? 화끈하게 들이박아라, 이거야?"

사인을 확인한 박건호가 피식 웃었다. 그러고는 오스틴 번의 미트를 향해 힘차게 초구를 내던졌다.

후앗!

박건호의 손끝을 빠져나간 공이 레오나르도 마틴의 몸 쪽을 지나 한복판으로 날아들었다.

마치 칠 테면 쳐 보라고 들어오는 공 앞에 레오나르도 마틴도 이를 악물고 방망이를 내돌렸다.

하지만.

퍼엉!

레오나르도 마틴이 원하던 호쾌한 방망이 소리는 들리지 않았다. 대신 묵직한 포구음이 대포 소리처럼 경기장에 울려 퍼졌다.

—건! 한복판 포심 패스트볼로 레오나르도 마틴의 기선을 제압합니다!

—와우, 정말 보면 볼수록 대단한 투수입니다. 월드시리즈 6차전인데 어떻게 저런 투구를 할 수 있을까요?

—자세히 보면 오스틴 번이 한복판 사인을 낸 것 같은데요.

—포수는 저런 사인을 낼 수 있습니다. 하지만 최종적으로

결정을 내리는 건 투수죠. 맞을지 모른다는 생각이 들면 절대저 공을 던지지 못했을 겁니다. 그런데 보세요. 오스틴 번의 미트는 사인을 낸 이후부터 포구 순간까지 조금도 움직이지 않았습니다.

—그야말로 오스틴 번이 요구하는 대로 완벽한 공을 던졌다는 이야기인데요.

—로케이션뿐만이 아닙니다. 전광판을 보세요.

—하하. 103mile/h(≒165.8㎞/h)입니다. 9회를 책임지는 일부 마무리 투수들에게서나 간혹 볼 수 있는 구속이 1회 초 첫 투구부터 나왔습니다.

ESPM 중계진은 경기 시작부터 혀를 내둘렀다. 박건호가 월드시리즈 2차전에서 메이저리그 역사상 최초의 노히트노런을 달성했다는 사실을 모르지는 않지만(퍼펙트게임을 노히트노런에 포함시키면 메이저리그 두 번째) 설마하니 6차전의 중압감 속에서 103mile/h의 포심 패스트볼을 한복판에 꽂아 넣을 줄은 몰랐다는 반응이었다.

"제길!"

레오나르도 마틴도 입술을 질근 깨물었다. 초구부터 한복판에 공이 들어왔다는 건 자신을 우습게 여긴다는 뜻이나 다름없었다. 그 공을 눈 뜨고 놓쳐 버렸으니 매리너스의 1번 타자로서 자존심이 상했다.

"어디 또 던져 봐, 이 자식아!"

레오나르도 마틴은 곧장 방망이를 들어 올렸다. 연소되지 못한 숨을 뱉어내야 했지만 치밀어 오른 짜증이 이성적인 판단을 마비시켜 버렸다.

그러자 오스틴 번이 또다시 한복판으로 미트를 들어 올렸다.

'건, 이 녀석이 아직 정신 못 차린 거 같은데?'

사인을 확인한 박건호가 피식 웃었다. 그러고는 보란 듯이 한복판으로 공을 내던졌다.

후앗!

박건호의 손끝을 빠져나간 공이 초구보다 살짝 높게 날아들었다.

하지만 레오나르도 마틴은 그 사실을 전혀 알아채지 못했다. 또다시 한가운데로 공이 들어오자 거의 발악하듯 방망이를 내돌렸다.

후웅!

요란한 스윙 소리와 함께 허리를 빠져나온 방망이가 달려드는 공을 향해 맹렬히 돌진했다.

그러나 포수석에 앉아 있는 오스틴 번은 눈 하나 까딱하지 않고 손목을 살짝 들어 올렸다. 운 좋게 방망이에 스친다 하더라도 포구 지점을 크게 벗어나지 않을 거라 판단했다.

아니나 다를까.

퍼엉!

방망이보다 먼저 홈 플레이트를 가로 지른 공이 묵직한 포구 소리를 내며 미트를 뒤흔들었다.

전광판에 찍힌 구속은 102mile/h(≒164.2km/h).

"크으으으!"

구속을 확인한 레오나르도 마틴의 얼굴이 벌겋게 달아올랐다. 초구보다 1mile/h이 떨어졌는데도 불구하고 공을 스치지도 못했으니 이제는 굴욕감마저 들었다.

"이 개자식!"

레오나르도 마틴은 모든 분노를 박건호에게 집중시켰다. 그렇게 하면 박건호의 공을 때려낼 수 있을 것이라고 착각한 모양이었다.

'그게 과연 될까?'

오스틴 번은 씩 웃으며 몸 쪽으로 미트를 움직였다. 초구와 2구, 연속해서 한복판 포심 패스트볼을 보여줬으니 몸 쪽 공을 붙여 넣으면 타이밍이 늦을 것이라고 판단했다.

그러나 박건호는 가볍게 고개를 흔들었다.

'설마, 또?'

오스틴 번이 혹시나 싶어 한복판 쪽으로 미트를 움직였다.

그러자 박건호가 씩 웃더니 고개를 주억거렸다.

3구 연속 한가운데 승부.

레오나르도 마틴이 이를 악물고 있으니 방망이에 걸릴 가능성이 높았지만 박건호는 이 기회에 매리너스 타자들의 기선을 확실히 꺾어놓고 싶었다.

'좋아. 까짓 거.'

오스틴 번이 미트를 힘차게 두드렸다. 그 미트를 향해 박건호가 재빨리 투구판을 박차고 나갔다.

후앗!

박건호의 손끝을 빠져나간 공이 마치 총알처럼 한복판으로 날아들었다.

'어림없다!'

레오나르도 마틴이 기다렸다는 듯이 방망이를 내돌려봤지만.

퍼엉!

2구보다 훨씬 빨리 홈 플레이트를 지나쳐 버린 공은 그대로 오스틴 번의 미트 속에 파묻혔다.

"스트라이크, 아웃!"

구심이 포구 소리만큼이나 요란스럽게 삼진을 외쳤다.

하지만 다른 것에 정신이 팔린 레오나르도 마틴은 그 소리를 듣지 못했다.

"허……!"

전광판에 찍힌 낯선 숫자를 바라보며 레오나르도 마틴은 고개를 절레절레 흔들고 말았다.

[105mile/h(≒169.0㎞/h)]

개인 최고 구속을 104mile/h(≒167.3㎞/h)로 갱신한 지 얼마나 됐다고 박건호가 또다시 개인 최고 구속을 갈아치워 버렸다.

−건! 거언! 레오나르도 마틴을 힘으로 찍어 눌러 버렸습니다!

−3구 연속 한가운데 포심 패스트볼 승부였는데요. 레오나르도 마틴이 전혀 타이밍을 맞추지 못했습니다.

−3구째 공은 무려 105mile/h이 찍혔는데요.

−어마어마한 공입니다. 현 메이저리그 선발 투수들 중에서 건보다 빠른 공을 던지는 투수는 단 한 명도 없으니까요.

−중계 카메라에 찍힌 레오나르도 마틴이 반쯤 넋이 나간 얼굴이었죠.

−2구째 102mile/h의 공이 들어왔을 때도 헛스윙을 했는데 3구째 공이 3mile/h이나 빨라졌으니 그저 헛웃음만 나왔을 것 같네요.

ESPM 중계석에서 박건호의 투구에 정신이 팔린 사이 2번 타자 기에르모 에레라가 오른쪽 타석에 들어왔다.

"저 괴물 같은 자식."

기에르모 에레라는 초구를 받기도 전부터 반쯤 겁에 질려 있었다. 가뜩이나 월드시리즈에서 1할대 타율로 고전하고 있는데 박건호가 시작부터 레오나르도 마틴을 3구 삼진으로 잡아냈으니 기가 꺾일 수밖에 없었다.

그런 기에르모 에레라에게 스캇 서바이브 감독은 기습 번트를 주문했다.

'젠장. 번트라니.'

사인을 확인한 기에르모 에레라가 눈매를 굳혔다. 매리너스 타자들 중에서는 발이 빠른 축에 들긴 했지만 솔직히 번트는 자신이 없었다. 게다가 경기 초반에, 루상에 주자도 없는 상태에서 번트를 대는 건 왠지 모르게 구차해 보였다.

'일단 초구 스트라이크를 먹고 시작하자. 그러면 기습 번트 사인을 취소하겠지.'

기에르모 에레라가 왼발을 단단히 내디디며 방망이를 들어 올렸다.

그 순간.

후앗!

박건호가 기다렸다는 듯이 초구를 내던졌다.

바람을 가르며 날아든 새하얀 공은 코스를 파악할 새도 없이 시야 너머로 사라져 버렸다. 대신 귓불을 때리는 묵직한 포구 소리가 공의 종착역을 알려주었다.

"스트라이크!"

구심이 습관처럼 오른팔을 들어 올렸다.

"후우……."

기에르모 에레라가 고개를 흔들며 타석에서 물러났다. 초구는 그저 지켜볼 생각이긴 했지만 이런 공이라면…… 다시 공격 사인이 나더라도 때려낼 자신이 없었다.

"환장하겠군."

스캇 서바이브 감독도 답답함을 참지 못했다. 타격감이 좋지 않은 기에르모 에레라를 활용해 어떻게든 박건호를 흔들어 볼 생각이었는데 번트 자세조차 잡지 못하고 스트라이크를 먹고 말았다.

"계속 갈까요?"

에드 마르티네즈 타격 코치가 넌지시 물었다. 원 스트라이크이긴 하지만 번트 작전을 노출하지 않았으니 다시 시도하더라도 문제될 건 없어 보였다.

하지만 팀 보커트 벤치 코치의 생각은 달랐다.

"강공으로 전환하시죠. 기에르모 에레라는 번트 경험이 많지 않습니다."

팀 보거트 코치는 스캇 서바이브 감독이 기에르모 에레라의 2번 타순 출장을 강행할 때부터 뭔가 꿍꿍이가 있을 것이라고 예상했다.

하지만 그 꿍꿍이라는 게 고작 1사 주자 없는 상황에서 기습 번트를 대도록 요구하는 것일 거라고는 생각하지 못했다.

물론 완봉패, 그것도 노히트노런을 당했던 2차전을 떠올린다면 박건호를 초반에 괴롭히는 것도 충분히 의미 있는 작전이긴 했다.

그러나 굳이 기습 번트 작전을 쓸 생각이었다면 타격감이 좋지 않은 기에르모 에레라보다는 좌타자이면서 작전 수행 능력이 좋은 레오나르도 마틴을 활용하는 편이 백번 나았다.

그럼에도 불구하고 스캇 서바이브 감독이 기에르모 에레라에게 기습 번트를 강행한 이유는 뻔했다. 만에 하나 실패할 경우 모든 비난을 기에르모 에레라에게 떠넘기기 위해서였다.

팀 보거트 코치는 벤치 코치로서 스캇 서바이브 감독의 선수 활용법에 동의할 수가 없었다. 스캇 서바이브 감독이 매리너스를 월드시리즈까지 이끌고 온 점에 대해서는 존경과 박수를 보내겠지만 승부에 집착한 나머지 선수들을 도구처럼 취급하는 건 용납이 되지 않았다.

그러나 스캇 서바이브 감독의 눈에는 자신의 작전에 대놓고 반감을 드러내는 팀 보거트 코치가 하극상처럼 보일 뿐이었다.

"강공이라고? 월드시리즈에서 단 2개의 안타밖에 때려내지 못했는데 타자에게 맡기자 이 말이야?"

"기에르모 에레라는 작전 수행 능력이 떨어집니다. 잘 아시지 않습니까."

"작전 수행 능력이 떨어진다고 계속 내버려 둬야 하나? 그게 아니면 지금 저 녀석을 빼버려야 해?"

"스캇!"

"시끄러워, 팀. 그리고 부탁하는데 오늘 경기가 끝날 때까지 가급적 입을 다물고 있으라고. 그렇게 내 방식에 불만이 많다면 자네가 감독을 하든가."

"스캇!"

"이런. 부탁이라는 표현이 좀 약했나? 그럼 바꾸지. 경고야. 내 말, 허투루 듣지 말라고."

스캇 서바이브 감독이 눈을 부라리자 팀 보거트 코치도 마지못해 물러설 수밖에 없었다. 아직 월드시리즈 우승 가능성이 사라지지 않은 상황에서 감독과 벤치 코치가 서로 으르렁거리는 모습을 팬들에게 보여줄 수는 없는 노릇이었다.

그사이 눈치 빠른 에드 마르티네즈 타격 코치가 기에르모 에레라에게 다시 기습 번트 사인을 전했다.

'미치겠네.'

기에르모 에레라가 고개를 흔들었다.

100mile/h이 넘는 공들이 매섭게 날아드는데 번트를 대라니. 그것도 기습적으로 시도해서 출루를 성공시켜 보라니.

선수 입장은 조금도 배려하지 않는 터무니없는 주문이나 다름없었다.

하지만 기에르모 에레라는 이내 벤치의 주문을 받아들일 수밖에 없었다. 연속해서 기습 번트 사인이 나왔다는 건 죽더라도 기습 번트를 대라는 의미였다.

그 지시를 거스를 만큼 기에르모 에레라의 입지는 탄탄하지 못했다.

'젠장. 어디 한번 해보자.'

기에르모 에레라가 평소보다 홈 플레이트 쪽으로 바짝 달라붙었다. 그리고 빠르게 번트 자세로 전환할 수 있도록 방망이를 짧게 잡았다.

'뭐야? 번트라도 대려는 거야?'

기에르모 에레라를 힐끔 훔쳐본 오스틴 번이 조심스럽게 손가락을 움직였다.

첫 번째 수신호는 손가락 두 개.

두 번째 수신호도 손가락 두 개.

세 번째 수신호는 새끼손가락.

바깥쪽으로 파고드는 백도어성 커브였다.

갑작스럽게 커브 사인이 나왔지만 박건호는 대수롭지 않게 고개를 끄덕였다. 노히트노런을 함께한 오스틴 번이 아무 이유도 없이 투구 패턴을 바꾸지는 않을 것이라고 여겼다.

'어깨에 힘 좀 빼고…….'

박건호는 길게 숨을 고르며 어깨를 이완시켰다.

4구 연속으로 100mile/h대의 포심 패스트볼을 던지면서 어깨가 상당히 달아올라 있었다.

박건호가 잠시 뜸을 들이자 기에르모 에레라는 숨이 막힐 것 같았다. 다른 때 같았으면 타임을 부르고 타석에서 벗어났겠지만 기습 번트를 어떻게든 시도해야 한다는 부담감이 그의 두 다리를 단단히 붙들었다.

그렇게 답답함이 절정에 도달했을 때.

촤라라랏!

박건호가 빠르게 투구판을 박차고 앞으로 튀어나왔다.

후앗!

박건호의 손끝을 빠져나간 공이 큰 포물선을 그리며 홈 플레이트 바깥쪽으로 날아갔다.

그런 줄도 모르고 반사적으로 무릎을 낮췄던 기에르모 에레라는 내밀려던 방망이를 냉큼 거둬들였다.

'볼이야. 방망이를 빼야 해!'

기에르모 에레라는 공이 바깥쪽으로 빠져나간다고 판단

했다.

그러나 마지막 순간 오른손 타자의 몸 쪽으로 꼬리를 만 공은 스트라이크존 가장자리를 훑듯 파고들었다.

"스트라이크!"

구심이 이번에도 오른팔을 들어 올렸다. 기에르모 에레라가 방망이를 내밀지 않았다고 항의해 봤지만 구심의 판정은 달라지지 않았다.

"들어왔어."

"뭐라고요?"

"스트라이크존에 들어왔다고."

"허……!"

기에르모 에레라는 어처구니가 없다는 표정을 지었다.

자세를 낮추고 봤을 때도 바깥쪽으로 빠져나가는 공이었는데 스트라이크존에 들어왔다니. 구심이 말도 안 되는 억지를 부리는 것만 같았다.

그러나 ESPM 중계진은 구심의 판정을 존중해야 한다는 의견을 보였다.

-기에르모 에레라의 눈에는 빠진 것처럼 보일지 몰라도 스트라이크존에 가깝게 들어왔습니다.

-오늘 이 코스에 처음 공이 들어왔으니까요. 기에르모 에

레라가 불만을 가질 수는 있겠습니다만 만약 심판이 일관성 있게 이 코스를 잡아준다면 아무 문제 없는 것이겠죠.

-그렇죠. 스트라이크 판정은 구심의 고유 권한이니까요.

-저는 그보다 기에르모 에레라의 기습 번트 시도를 지적하고 싶네요.

-최근 타격감이 좋지 않았으니까요. 한 번이라도 살아나가 보겠다는 시도가 아니었을까요?

-그보다는 벤치의 작전이 나왔을 가능성이 있습니다. 기에르모 에레라의 개인적인 판단이라면 초구를 걸러내고 2구째 번트를 시도하진 않았을 테니까요.

-어쩌면 지난 2차전에 대한 부담감이 아직까지 남아 있는지도 모르겠네요.

-설사 그렇다 하더라도 경기 초반에 기습 번트라니요. 정말이지 실망스러운 모습입니다.

ESPM 중계진의 질타만큼이나 관중석에서도 야유가 쏟아졌다.

"이 자식! 지금 뭘 하는 거야!"

"집어치워! 고작 번트를 대려고 메이저리그에 올라온 거야?"

"쿠바로 돌아가라고! 이 멍청아!"

"그런다고 건이 꿈쩍이나 할 것 같아?"

다저스 팬들의 거센 비난에 기에르모 에레라는 억울함을 감추지 못했다. 벤치에서 시킨 대로 어쩔 수 없이 번트를 댄 것뿐인데 이 정도로 욕을 먹을 줄은 몰랐던 것이다.

한 성깔 하는 선수였다면 오히려 적반하장으로 나왔을 것이다. 이 모든 게 박건호의 잘못이라며 모든 분노를 박건호에게 집중시켰을 것이다.

하지만 기에르모 에레라는 그 정도로 모질지 못했다. 앞서 타석에 들어섰던 레오나르도 마틴과 같은 쿠바 출신이었지만 매리너스 벤치가 기대하는 것처럼 투쟁심 넘치는 모습은 거의 보여주지 못하고 있었다.

'이쯤에서 끝내자고, 건.'

완전히 주눅이 든 기에르모 에레라를 바라보며 오스틴 번이 몸 쪽 사인을 냈다.

구종은 포심 패스트볼.

홈플레이트를 가로질러 몸 쪽을 날카롭게 파고드는 이 공이라면 설사 매리너스 벤치에서 쓰리 번트 사인을 낸다 하더라도 이겨낼 수 있다고 판단했다.

실제로 스캇 서바이브 감독은 다시 한번 번트를 요구했다. 매니 아츠 3루 코치의 사인을 받고 당황한 얼굴로 고개를 돌린 기에르모 에레라에게 친절하게 번트를 대라는 신호를 주기까지 했다.

'제정신이 아니야.'

기에르모 에레라는 고개를 절레절레 흔들었다.

번트 실패 이후 귀가 먹먹해질 만큼 비난이 터져 나왔는데 또다시 번트를 대라니.

이건 다저스 팬들에게 맞아 죽으란 소리나 다름없었다.

'못 해. 이건 못 한다고.'

기에르모 에레라가 방망이를 단단히 움켜 들었다. 죽을 때 죽더라도 무의미한 번트를 시도하고 싶지 않았다.

그런 기에르모 에레라의 번뇌를 날려 버리듯.

퍼엉!

박건호가 내던진 새하얀 공이 순식간에 홈 플레이트 위를 스쳐 지났다.

"스트라이크, 아웃!"

구심의 판정이 떨어지기가 무섭게 기에르모 에레라는 질근 입술을 깨물며 더그아웃으로 발걸음을 옮겼다.

만에 하나 스캇 서바이브 감독이 번트를 대지 못했다는 이유로 자신을 힐난한다면 가만히 당하고만 있지는 않을 생각이었다.

하지만 정작 스캇 서바이브 감독은 더그아웃으로 들어온 기에르모 에레라에게 눈길조차 주지 않았다. 반쯤 넋이 나간 그의 시선은 전광판 구석에서 떨어질 줄 몰랐다.

[106mile/h(≒170.6km/h)]

아롤디르 채프먼이 전성기 때 찍었다는 메이저리그 최고 구속이 양키즈 스타디움도 아닌 다저스 스타디움 전광판에 선명하게 새겨져 있었다.

–지금 전광판에 106mile/h이 찍혔는데요.

–허허. 저는 그냥 웃음만 납니다.

–다저스 스타디움의 구속 측정 프로그램에 문제가 있는 걸까요? 아니면 건을 위해 특별히 상향 조정이라도 된 것일까요?

–아마 어느 쪽도 아닐 겁니다. 그런 조작을 할 만큼 다저스는 형편없는 구단이 아니니까요.

–그럼 저 숫자를…… 그대로 믿어야 하는 걸까요?

–믿어야죠. 메이저리그를 사랑하는 전 세계 모든 팬이 이 경기를 지켜보고 있을 테니까요.

–그럼 저도 정신을 차려야겠네요. 건을 사랑하는 팬 여러분. 건이 아롤디르 채프먼을 따라잡았습니다!

–이제 현존하는 메이저리그 최고의 강속구 투수는 바로 건입니다!

ESPM 중계진이 새로운 왕의 즉위를 외치듯 크게 소리쳤다.

"거어어어언!"

"건! 거어어언!"

다저스 스타디움을 가득 메운 관중들도 아이돌 가수의 콘서트에 온 10대 소녀 팬들처럼 미친 듯이 악을 내질러 댔다.

"이대로 놔둬선 안 돼."

타석에 들어선 3번 타자 로빈슨 카누는 일부러 시간을 끌었다. 박건호가 만들어낸 이 엿 같은 분위기에 휘말리지 않겠다며 계속해서 지연 행위를 이어 나갔다.

"카누, 그러지 마. 경고야."

보다 못한 구심이 한마디 했다.

하지만 로빈슨 카누는 겉으로만 고개를 끄덕거릴 뿐 다시 1분의 시간을 더 끈 뒤에야 방망이를 들어 올렸다.

'어떠냐, 약 오르지?'

로빈슨 카누는 박건호가 분명 짜증이 났을 거라 여겼다. 도미니카 공화국에서 박건호의 나이 때 공 좀 던진다는 투수들은 하나같이 다혈질에 인내심이 부족했다.

그러나 애석하게도 박건호의 국적은 도미니카 공화국이 아니었다. 게다가 박건호는 오늘 2차전의 완벽에 가까웠던 피칭을 재현해 내겠다는 각오로 마운드에 올랐다.

'시간 끌기는 이제 다 끝나셨나?'

박건호가 피식 웃으며 오스틴 번의 사인을 확인했다. 그러고는 오스틴 번의 미트를 향해 이를 악물고 공을 내던졌다.

후앗!

박건호의 손을 빠져나간 공이 대번에 로빈슨 카누의 옆구리 쪽으로 날아들었다.

"윽!"

로빈슨 카누가 깜짝 놀라며 몸을 뒤로 빼냈다. 공의 궤적상 타석에 가만히 서 있었다간 큰 부상을 피하기 어려울 것만 같았다.

그러나 정작 공은 마지막 순간에 날카롭게 휘어지더니 스트라이크존을 아슬아슬하게 걸쳐 들어갔다.

"스트라이크!"

구심이 일말의 망설임 없이 오른팔을 들어 올렸다.

그러자 로빈슨 카누가 말도 안 된다며 펄쩍 뛰었다.

"깊었잖아요! 이게 왜 스트라이크예요?"

"스트라이크야. 커터였다고."

"거의 나를 맞힐 뻔했다고요. 그런데 이게 무슨 수로 스트라이크존에 들어오냐고요!"

"그렇게 궁금하면 중계방송을 다시 보라고."

"뭐라고요? 지금 말 다 했어요?"

"그래, 내가 할 말은 다 했다."

"정말 이따위로 엿같이 판정할 거예요?"

"카누! 경고하는데 말조심해. 그리고 더 이상 시간 끌지 마. 알았어?"

"젠장할!"

로빈슨 카누가 그 자리에서 욕지거리를 내뱉었다. 자신 정도 되는 슈퍼스타가 항의를 하면 받아주는 척이라도 해야 정상인데 말도 안 되는 공마저 잡아주고 있으니 구심이 다저스에 매수되기라도 한 게 아닐까란 의심마저 치밀었다.

그러나 구심도 나름 공정한 판단을 내리기 위해 노력하고 있었다.

그 점을 ESPM 중계진이 보증하고 나섰다.

–로빈슨 카누, 왜 저렇게 흥분하는 걸까요.

–글쎄요. 건의 공이 깊었다고 생각하는 거 같은데 느린 화면으로 다시 한번 봐야 할 것 같습니다.

–흠……. 이건 스트라이크인데요.

–스트라이크를 줘도 할 말 없는 공이 아니라 명백한 스트라이크입니다. 자, 보세요. 건의 손을 떠난 공이 마지막 순간에 홈 플레이트 위쪽을 정확하게 통과했습니다. 그것도 마지막 순간에 살짝 걸친 게 아닙니다. 홈플레이트에 도착한 그 순간부터 스트라이크존 안에 들어가 있었습니다.

–아마도 로빈슨 카누가 홈 플레이트 쪽에 바짝 붙어 서면서 착각을 한 것 같은데요.

–착각은 할 수 있지만 계속해서 시간을 끄는 모습은 좋아 보이지 않습니다. 아직 1회거든요. 적어도 메이저리그 타자라면 자신에게 주어진 공격 기회를 최대한 살려 정정당당하게 득점을 하려고 노력해야 할 것 같습니다.

ESPM 중계진은 로빈슨 카누가 로빈슨 카누답지 못하다고 꼬집었다. 매리너스와 10년에 2억 4천만 달러에 계약할 만큼 대단한 선수라면 자신의 영향력을 과시하기 이전에 인정하고 배려할 줄 아는 모습이 필요하다고 지적했다.

그러나 ESPM 중계진이 생각하는 것처럼 로빈슨 카누가 스타 의식에 젖어 있었던 건 결코 아니었다.

로빈슨 카누가 원하는 건 매리너스의 월드시리즈 우승이었다. 그리고 그 염원을 이루는 데 올해만 한 적기가 없다고 판단했다.

전문가들은 동의하지 않겠지만 로빈슨 카누는 매리너스야말로 월드 시리즈 우승을 위해 잘 준비된 팀이라고 생각했다.

킹 펠리스, 넬슨 크로스 같은 베테랑들이 중심을 잡아주고 젊은 선수들이 충분한 경험을 쌓이면서 단기전에 있어서는 그 누구에게도 뒤처지지 않는 팀으로까지 성장했다고 자평했다.

반면 다저스는 상대적으로 아직 덜 여문 팀이었다. 올해 지나치게 많은 젊은 선수들이 주전 자리를 꿰차면서 포스트시즌에 진출한 다른 팀들에 비해 안정감이 떨어져 보였다.

투타 밸런스는 물론 신구의 조화를 이뤄낸 팀과 그런 팀을 향해 나아가고 있는 팀.

이 두 팀이 결선에서 맞붙는다면 이뤄낸 팀이 이기는 게 당연했다.

하지만 시리즈 스코어와 분위기는 정반대였다. 아직 미완성의 구단인 다저스가 완성형에 가까운 매리너스를 압도하고 있었다.

무엇 하나 부족할 게 없어 보이는 매리너스가 월드시리즈를 다저스에게 끌려가는 가장 큰 이유는 메이저리그 최강의 원투펀치 때문이었다.

전문가들은 물론이고 다른 팀 팬들조차 인정하지 않을 수 없는 메이저리그 최고의 투수 슬레이튼 커쇼.

그리고 고작 데뷔 2년 만에 슬레이튼 커쇼의 자리를 넘보는 젊은 에이스, 박건호.

다저스를 대표하는 이 둘의 시너지가 다저스를 2018시즌 메이저리그 최다승 구단으로 만들고 월드시리즈까지 끌고 온 것이다.

로빈슨 카누는 박건호를 비롯한 다저스의 젊은 선수들이

이번 월드 시리즈를 통해 한 단계 더 성장하기 전에 어떻게든 우승 트로피를 차지하고 싶었다.

다저스 팬들의 바람처럼 매리너스 왕조를 만들겠다는 욕심은 부릴 생각이 없었다. 그저 한 번이라도 매리너스와 함께 챔피언의 자리에 올라보고 싶었다.

'건, 미안하지만 오늘 경기는 절대 질 수 없다.'

로빈슨 카누가 한참 만에 타석에 들어섰다. 그리고 박건호를 약 올리듯 느긋하게 타격을 준비했다.

그런 로빈슨 카누를 바라보며 박건호가 나직이 중얼거렸다.

"아저씨, 관람은 집에 가서 하세요."

to be continued